U0645013

生还者

SURVIVORS

张旭 著

人民东方出版传媒

东方出版社

　　霍尔只好下楼仔细巡视一番，刚走到一处拐角的书架旁，窗外突然出现一道耀眼的闪电，在闪电的照耀下，地毯上赫然显现出一串带水的脚印！脚印通向一扇窗户，窗户大开，玻璃破裂，狂风夹杂着雨丝鱼贯而入，地上散落着几本书，纸张被吹得快速翻动哗哗作响。

此时，蓓姬尖叫一声，指着车尾喊道："快看！那是什么?!"
山迪朝车尾看去，顿时愣在原地。

那竟然是一双正在奔跑的脚，没有身体！只有一双脚……

　　十分钟后，通信塔修复。维克松了口气，小心翼翼地从塔上下来，驾驶火星车准备返回基地。

　　而此刻尘暴却开始肆虐，红色的火星云在天空翻滚，狂风卷挟着石块横扫地面。

生产线很别致，由全自动的机械臂装配完金属骨骼和电子元件后，初具雏形的机器人会被传送至一个玻璃舱门内，舱内的微型机械臂会用132块预先培养好的大小不同的皮肤去覆盖机器人，并对皮肤进行缝合，玻璃体内的营养液会保证肌肤快速愈合。

　　杰夫连忙起身后退，抄起货架上的一根木棍防御。这些小球的攻击力十分有限，其中一个被杰夫像棒球一样击中，撞到了墙上，发出一声脆响，惊醒了沉睡中的凯希。

杰夫眼疾手快抽出了胖警察腰间的手枪，对准发狂机器人的脑袋扣动了扳机……

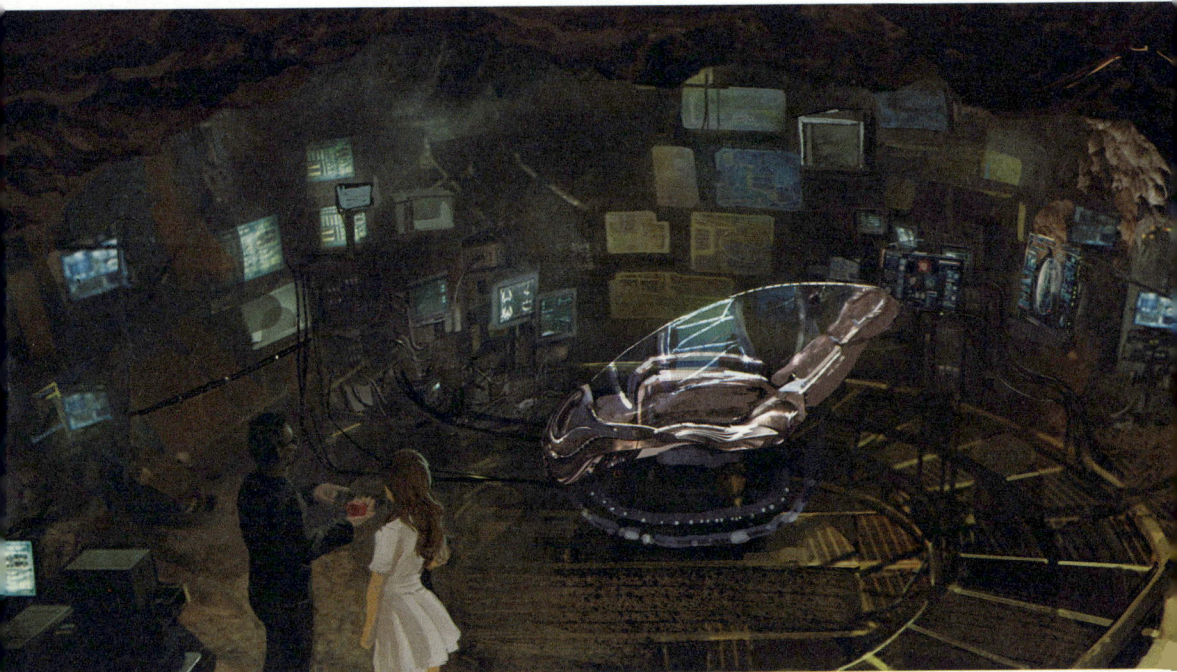

　　"上个月，我把这个苹果放进机器内，设置时间是三天后的早晨，结果你猜发生了什么？三天后我真的在这间屋里找到了这个苹果！"

　　"你怎么能确定它就是当初那一个呢？"黛西问。

　　"当然能确定！"杰夫斩钉截铁地说，"因为我是啃掉一口后放进去的，上面还有我的牙印！"

山迪和蓓姬凑过来，透过细密的百叶帘，能看到外面的街道。

杰夫指着街道说："看到那些路灯了吗？灯柱中间有一个小小的突起，就是那个红色的亮点，隔一会儿会闪烁一下，那代表着一个摄像头。背后有那么一群人，每天都在监视着你们。确切地说，是监视着小镇上每一个人。"

    一行四人沿着昏暗污浊的下水道前行了 1 小时，才找到海底隧道入口。隧道非常壮观，由六边形框架编织而成的玻璃拱顶看上去很像蜂巢，透过拱顶可将海底景色尽收眼底。沙丁鱼成群地飞速游动，不时亮出它们银灿灿的肚皮，巨大如核潜艇般的抹香鲸幽幽而行，发出尖锐嘹亮的叫声。隧道里有四条南北通行的轨道，不时有自动行驶的列车呼啸而过，杰夫他们不得不四处躲避，以免被高速行驶的列车撞到。

黛西嘴里噙着药汁，凑近杰夫唇边，以嘴度给他，初初他牙齿紧闭，令她绝望，但她并不放弃，擦去了他唇边流下的药汁，再次以唇舌喂送他喝下那些药……屡次尝试后，突然地，有那么个瞬间，黛西感到自己触碰到了杰夫的舌头。

他醒过来，睁开眼睛，望着黛西坏笑。

黛西吓了一跳，胀红了脸，轻轻地推开了他。

    4小时后，VIC25倒在了森博镇办公室冰冷的地板上，散弹枪轰开了他半边的脑袋，电路板噼噼啪啪地闪着小火花，电子元件烧焦的味道弥漫开来，他残存的一只眼睛定定地望向窗外。

    办公桌的一角，摆放着一盆翠绿的富贵树，窗外吹来一股小风，树叶轻轻地颤动着。

    VIC25渐渐闭上了眼睛，嘴角残存着一丝微笑……

目　录

C ontent
S

生还者人物表

黛西　　　　[霍尔省长的女儿，摇滚叛逆少女，后成长为女战士]

杰夫　　　　[WD 实验室科学家，沃德省最年轻的议员]

维克　　　　[苏菲的丈夫，执行火星基地计划的宇航员]

苏菲　　　　[维克的妻子，新能源领域的女科学家]

霍尔　　　　[黛西的父亲，沃德省省长]

山迪　　　　[森博镇的机器人，美术专业大学生]

蓓姬　　　　[森博镇的机器人，语言专业大学生]

霍尔　　　　[森博镇的机器人，森博镇图书馆馆长]

吉恩　　　　[维克和苏菲的儿子]

凯希　　　　[尤金的儿子，沃德石油公司副总经理]

洛克上校　　[火星基地计划负责人，维克的上司]

博格警官　　[森博镇警署署长]

唐娜　　　　[霍尔省长的秘书]

马丁　　　　[苏菲的工作伙伴]

巴克　　　　[戴纳的儿子，黛西的未婚夫]

戴纳　　　　[巴克的父亲，省政府警卫]

贝拉　　　　　[黛西的闺蜜]

尤金　　　　　[凯希的父亲，沃德石油公司董事长]

VIC 系统　　[维克研发的一套人工智能系统]

VIC01　　　[VIC 系统生成的第一个机器人，机器人领袖]

VIC25　　　[VIC 系统生成的第25个机器人，科学家，主张构建了森博镇]

VIC14　　　[VIC 系统生成的第14个机器人，军事统帅]

生还者地理

沃德省　　　　自治省，主体是一座 3.2 万平方公里的岛屿，亦称大岛。

北岛市　　　　沃德省首府。位于大岛北端滨海，与川格岛相望。

川格岛　　　　隶属于沃德省。是大岛北侧的一座 900 平方公里的岛屿，与大岛相隔 40 海里，有隧道连接。岛上西部为森博镇，东部为关押人类犯人的 H 区。

森博镇　　　　川格岛上的小镇，实为秘密实验基地。

第一章　孤岛

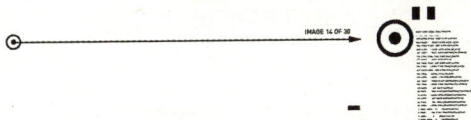

(1)

　　川格岛是一处惬意的世外桃源。此地降水丰沛，雨水有时暴烈哗然，有时又缠绵悱恻，倘若雨季时节从高空俯瞰，它活像一头拱出海面的抹香鲸。

　　森博镇位于川格岛西北端。

　　2057 年 3 月 1 日，天空放晴。小镇路面洼地里的积水映照出天空中团状的积云，灿烂的阳光洒向每一个角落。

　　一大早，小镇警署的博格警官与图书馆馆长霍尔交谈起来。

　　"你是说，图书馆进小偷了？"博格警官眯起眼睛耐心问询。

　　"是的！"霍尔瞪大眼睛描绘他所撞见的怪事，"接连好几天，我都听见那个闹心的脚步声，就像用小鼓槌敲鼓，还有哭泣声，就像在我耳边说悄悄话！但是，当我一开灯，却又什么都看不见！"

　　"什么都看不见？"博格警官皱起眉头。

　　霍尔忙不迭点头："是的，他就站在我的面前，但是，灯一亮，就什么都看不见，像空气一样！"

　　"你确定不是在做梦？"

　　"绝不可能！"

1

"丢失了什么财物吗?"

"没有……我检查过了。"霍尔又想起了什么,"对了,有几本书扔在了地上!"

"那些书可能是被风吹落的。"博格警官耸了耸肩,"我还是认为……"

"你是不是认为我喝醉了?昨晚我只喝了半瓶酒,酒没了,我很清醒!"霍尔红着眼睛,加重语气,"一定是小偷进来了,一个装神弄鬼的小偷!还砸坏了我的窗户!"

博格警官望着破裂的窗户玻璃,猜测道:"也许是个顽皮孩子的恶作剧。"

"不可能,昨晚外面电闪雷鸣,谁家的孩子会大半夜冒着大暴雨来砸我的窗户?!"霍尔对博格警官的敷衍感到很不满。

博格警官讨厌眼前这个啰唆的老头子,他带着一丝揶揄调侃的语气道:"好吧,或许你是对的,出现了一个狡猾的小偷,一个品格高尚、什么都不拿的小偷。"

说罢,他望向院子里趴在狗窝旁晒太阳的大狗,它胖乎乎的,多数时间都会趴在地上睡觉,是霍尔唯一的"家人"。

"真有小偷的话,狗会叫的,昨晚你听到它叫了吗?"

霍尔愣了一下,右手挠着脖子上的赘肉说:"没……没有。"

"是啊,这就说明没有生人进来。"博格警官摊开两只手。

霍尔的眼神有些茫然,鼻子抽动了两下,结结巴巴地说:"我实在是搞不明白……"

"我认为已经没有疑问了!"博格警官打断霍尔的话,迈开步子准备走,又扭头提醒道,"窗户坏了,最好尽快更换玻璃。电路老化短路了,也要尽快修理。"

警车鸣笛离去,霍尔呆呆地望着汽车扬起的烟尘。

森博图书馆位于小镇西南部,是一座由沙石构筑的三层建筑,通体为深棕色，分为主楼和东西两翼。远远看去，像一块巨大而敦实的巧克力。建筑内部穹顶高远，稍有声响就回音阵阵。偌大的图书馆只有霍尔一人孤独留守。

霍尔五十多岁，肥胖且驼背，花白的头发宛如乱糟糟的鸟巢堆在头顶，看上去邋遢又窝囊，他似乎从不能花上哪怕十分钟的时间来打理自己，总是带着一种令人生厌的干枯和邋遢的气息。

关于有人夜闯图书馆一事，博格警官全然不信，那么事实如何呢？

前一天夜里接近九点钟的时候，霍尔正在喝酒，仅剩的半瓶酒已经见底，但他还是仰起头，倒放瓶口，举高晃动，贪婪地用舌头接住掉落的三两滴烈酒，意犹未尽地咂摸着布满胡茬的嘴巴。

"这该死的雨，要是下的都是酒就好啦！"霍尔嘟囔道。

镇中心的塔钟响了九次，雨雾中传来的声音，比平日里更加悠长而辽远。霍尔揉了揉浑浊的眼睛，扶着椅背站起身来，摇摇晃晃地去做他一天中最后的工作：熄灯。

图书馆随即变得阴森而黑暗，伴随着雨水细碎的声响和无情的侵湮。

他跌跌撞撞地爬上二楼卧室，冲着挂在门上的镜子摇了摇脑袋，咧着嘴干笑了一声，身体突然向后倒去，笨重地摔在地毯上，昏睡过去。

一小时后，他从梦中惊醒，有了尿意，正踌躇是否起身解决的时候，楼下突然传来玻璃碎裂的声音。

大风把窗户吹开了？

可霍尔明明记得自己锁好了窗户。

如果真是窗户被风吹开，雨水一定会渗透进来，他可不希望图书淋湿，为此还要在晴天暴晒书籍。所以，短暂思忖后，他挣扎着从地上爬起来，拖着沉重的身躯，摸索床边的抽屉找到手提灯，推开房门，朝黑暗走去。

木制的楼梯踩上去发出刺耳的吱呀声，暗夜听来透着寒气，但令人不安的不止这些，楼下竟传来幽幽的哭泣声，透着痛苦与隐忍，虽然非常细小，但还是清清楚楚地传进了霍尔的耳朵，令他直冒冷汗！

"谁？谁在那儿？"

霍尔扯着嗓子喊了一句，但声音却带着浓痰和被烈酒烧坏的含糊，没有震慑力。

无人应答。

霍尔颤颤巍巍地扬起手，按下了大厅吊灯的开关，竟没任何反应，整个大厅依然漆黑一片。该死的电工总也修不好反复坏掉的电路，霍尔愤愤地想。他站在楼梯上举高手提灯四处扫视，没发现任何人。

窗外的雨势更加猛烈了。

他只好下楼仔细巡视一番，刚走到一处拐角的书架旁，窗外突然出现一道耀眼的闪电，在闪电的照耀下，地毯上赫然显现出一串带水的脚印！脚印通向一扇窗户，窗户大开，玻璃破裂，狂风夹杂着雨丝鱼贯而入，地上散落着几本书，纸张被吹得快速翻动哗哗作响。

以上就是霍尔的亲身经历。事情古怪，可他求助无门。此刻，他只好怅然若失地走进图书馆。

阳光帅气的美术系大学生山迪骑着自行车来图书馆借书。他锁车后步入图书馆内，同往常一样跟霍尔打招呼。

"早上好，馆长！"

霍尔回过神来，望了他一眼，声音带着无法掩饰的沮丧："一点也不好啊，小伙子！"

"怎么了？刚才我看到警车。"山迪信口问了一句，但眼睛并没有看霍尔，他专注地在书架跟前穿梭，想寻找一本关于古典绘画方面的书籍。

霍尔看四下无人，就对山迪神秘兮兮地说道："昨天晚上发生了一件怪事！"

"什么怪事？"山迪保持礼貌的微笑随口一问，直至此刻，他还是没被霍尔的话题吸引。

霍尔很失落，自顾自地嘟囔："我知道，小伙子，你不相信我，你们都不相信我！"说罢，他无奈地转身离开。

山迪望着他孤零零的背影，有点于心不忍，就叫住他问："馆长，对不起，或许……你可以跟我具体说说，发生了什么事？"

霍尔连忙转身走回山迪身边，指着那扇破掉的窗户说："你看那儿，昨晚有不速之客！"

"有小偷？"

"但警察说不是小偷。"

"那是谁？"

"一定是幽灵！"

"幽灵？"山迪不禁瞪大了迷惑的眼睛。

霍尔肯定地说："幽灵，我们看不见，但我看到了他留下的脚印，还听到他哭泣的声音！"

"幽灵……带水的脚印？"山迪重复着他的话。

"是的，他的脚很小！"霍尔望着碎裂的玻璃窗，咬牙切齿地宣誓，"别想在我的地盘撒野，我一定要逮住他！"

(2)

森博大学精致小巧，由正门而入，可见三栋六层高的白色建筑，恰好位于等边三角形三个点上，中间是一座带喷水池的花园。全校师生共计 258 人，不设宿舍。

山迪坐在森博大学画室靠窗的位置眺望夕阳，看到它温暖地将整座校园渲染成了金黄色。正在他发呆的时候，响起了一阵骚动的口哨声。

"快瞧，新来的模特儿！"

"是语言系的班花吗？"

山迪听到这番对话心里咯噔一下，随即顺着众人的目光望去。

这是个二十岁左右的姑娘，白色连衣裙，身姿曼妙，高高的马尾辫，面庞白皙精致，洋溢着青春的骄矜气息。

她叫蓓姬。

山迪和蓓姬是邻居，同校读书，但鲜有交流。在山迪看来，她浑身散发着迷人的光芒。

画室中央放着一把木质椅子，蓓姬解开辫子让头发自然倾泻下来，她毫无怯意地落座，目光平静地扫过所有人，包括山迪，但只是在他身上短暂停留了一秒钟，很快又移向别处。

山迪有些失落。很长一段时间了，每次见到蓓姬，他都为自己的悸动感到羞赧。

白发苍苍的女教授向大家介绍："这个礼拜由语言系的蓓姬同学担任模特，希望大家认真完成画作，下周一把作品交上来。"

山迪手握画笔，朝蓓姬望过去，只见她轮廓柔美，秀发顺滑，眼睛清澈，鼻梁笔直，眼角有一枚小小的雀斑，在山迪看来，这枚雀斑衬托得她生动活泼，令人过目不忘。

两小时后天色转黯，同学陆续走掉，但山迪的画布上却还是一团凌乱，他把过多的时间用在了发呆上，无法集中注意力。

"还没画好吗？"

山迪回过神来，画笔跌落在地。他环顾画室，才意识到，除了自己和蓓姬，没有别人。蓓姬声音轻柔，身上散发着好闻的味道。

蓓姬弯腰捡起画笔递给山迪："你一直心不在焉。"

"对不起，我只是……"山迪结巴起来。

"你不喜欢画我？"蓓姬用手抚了抚耳边的头发说。

"不不不，能够画你是我的荣幸！"山迪说罢，又觉得自己讲得太夸张了。

蓓姬莞尔一笑，愉快地说："那就好，回家吧，时间不早了。"

"一起吗？"

"不然呢？"

"哦……好的！"

他快速收拾画具，将未完成的画作用白布掩住，然后与蓓姬一同离开画室。

他们并肩走路，山迪不知该如何开口与她说话，就这么沉默地过了五分钟。他突然想起霍尔馆长早上讲述的怪异之事。

"你听说过幽灵吗？"

"幽灵？"

"今早霍尔馆长提到了它。"

蓓姬仰起脸思索着，随即说道："语言课讲过，幽灵是死者灵魂，死于非命的人或者对人世间尚有留恋、怨恨的人，他们死后的灵魂就会在与死者生前有关系的人面前浮现。"

"你相信有幽灵存在吗？"

"我不确定。"蓓姬诚实地回答。

"世界真奇妙。"山迪望着远方的晚霞道。

"求知欲很强。"

"你说我吗？也许吧，因为太无知，呵呵。"

"霍尔馆长怎么会对你提起幽灵？"

"他说他昨天晚上撞见幽灵了。"

"真的吗?"

"他是这么说的,不过,霍尔馆长他……也许是喝醉了。你知道,他清醒的时候并不多。"山迪耸耸肩膀。

山迪和蓓姬两家的院子只隔着一座小花园。家离学校近,没过多久就到了。

"你的绘画课作业怎么办?"蓓姬站在花园栅栏旁问。

"我差点忘掉。周一要交作业!"山迪慌了神。

"你什么打算?"

"你能再做一次模特吗?"山迪挠着后脑勺说,"我一定把你画得不一样。"

"可是,在哪里画呢?"

"我家有画室!"山迪笑嘻嘻地说。

周日早晨,山迪家的门铃响了,他连忙跑去开门,只见蓓姬亭亭玉立地站在门外,身着紫色碎花连衣裙,头发挽在一边,与上次所见的明艳俏丽相比,此时她显得更加温婉可人。

"请进!"山迪笑容满面邀请蓓姬进屋。

他们来到画室中央,大约200平米的房间,四壁挂满了技法娴熟但内容奇怪的画作。

"你居然画了这么多画!"蓓姬环顾四周道。

"生活太单调,没有什么可以交流的朋友,只好不停画画,回到家里,就只干这个。"

"这是什么?"蓓姬指着其中一幅画问。

"喏,就是你看见的样子,一颗红色的球。"

"你是照着什么东西画的?"

"在我梦里出现过,这颗红色的球,在梦里它还会旋转。"

"听起来很有趣。"

"是个噩梦,梦里这颗红色的球会越变越大,旋转的速度也会越来越快，我越变越小，它向我滚来，发出轰隆隆的巨响，碾过我的身体。每次都会从梦中惊醒。后来我把它画了出来，就像把它从大脑里摘出来一样，再没梦到过它。现在感觉好多了。"

"他们是谁？"蓓姬指着另一幅画上的女人和小男孩说，"为什么他们只是露出背影？"

"不知道，我从没看清过他们的脸。"

"也在梦里出现过？"

"是的。"山迪耸耸肩膀。

"你的梦可真不少。"蓓姬笑笑说，"那么……咱们开始吧。"

蓓姬端坐在椅子上，山迪备好画具，望着眼前的她：匀称婀娜的身材，白净的脸庞，俊秀的黑发，眼角那粒俏皮的雀斑，构成一副美丽生动的形象。他提起画笔，在洁白的画布上画了起来。

两个小时很快过去，当蓓姬看到完成的画作时，被画中的形象惊呆了。她洋溢着明朗、欢乐的笑容，就像此刻的她一样，鲜活而闪闪发光。蓓姬蓦然觉得胸腔间有一股暖意流淌，是的，他做到了他所承诺的，他把她画得和别人不一样，他画出了最贴近真实的她，那是她自己都不曾发现过的美。

"画的太好了，谢谢你，山迪！"蓓姬赞叹道。

"该谢谢你，给我这个机会。"山迪笑道。

"你现在有了这么多画，完全可以办一个画展了！"蓓姬环顾四周说。

"我觉得给你一个人看就足够了。"

蓓姬莞尔一笑，竟有些羞涩。

"我是实话实说。"山迪挠了挠后脑勺说。

"你会对其他姑娘这么讲话吗？"

"我只喜欢和你聊天。"山迪一本正经道。

机器的轰鸣打断了二人的对话，巨大的声响来自窗外，楼下街道上有部巨大机器，伸出带有三片钢叉的手臂，沿着一株粗壮桦树的根部插了下去，桦树被连根拔起，举至半空，传送到机器后部的拖车里，另一只机械手臂将渣土推入坑中，填平桦树留下的坑洞，再铺上砖块，乍一看，似乎这里根本没有桦树存在过。

"那棵树种在这里很多年了。"山迪说。

"真可惜。"蓓姬也觉得无可奈何。

"下周末能约你出去吗？"山迪收回了目光，望着蓓姬问。

"去哪儿？"

"去郊区植树。"

"植树？"

"一起种一棵树，你愿意吗？"

"我愿意……可是，为什么突然想到要种一棵树呢？有特别的意义吗？"

"我做过唯一的一个美梦。"

"和树有关吗？"

"嗯，梦里有一棵十分漂亮的树。树下有一个男孩和一个女孩，他们相互凝视，那个画面……很幸福。"山迪望着远方的地平线说。落日的余晖染红了天边的彩霞，绚烂至极。

(3)

山迪的画作在周一的美术课上得了全班最高分，他把这个成绩告诉蓓姬，两人会心一笑。

几天后，山迪找到一棵稀有树苗。周末清晨，他们出发去植树。

蓓姬喜欢那棵树，抚摸着枝丫上的一片青翠的叶子，好奇地问："它是什么树？"

"蓝花楹树，或者也可以叫蓝雾树。"

"名字很好听，蓝花楹，将来会开花吗？"

"春末夏初开花，花开的时候，叶子落下，然后长满深蓝色的花朵。"

蓓姬向往起来，她仿佛已经能看到树长大后婆娑茂盛的迷人身姿。

"种在哪儿呢？"蓓姬问。

"向南走两公里，有一个湖，种在湖边。"山迪指向前方。

走近湖边，蜻蜓低飞，偶尔掠过镜子一样的水面，细小的波纹荡漾开来。湖边有一片望不到头的树林，三两只飞鸟在林中上空盘旋。

山迪发现一个树桩，他走过去，蹲下来，大树的身子已经拉走，只剩下它孤独地留在这里。

蓓姬伸出纤长的手指，轻柔地抚摸树桩上的年轮，一圈又一圈数着，感慨道："一百七十四圈。我们的这棵蓝花楹树，将来能活这么久吗？"

"希望如此。"山迪突然注意到离树桩不远处的草地上放着一个黑色的物体，"那是什么？"

"像是个铁盒子。"蓓姬瞧了瞧说。

山迪走过去从地上捡起盒子掂了掂说："还挺沉！"

"里面是什么？"蓓姬道。

山迪用食指敲了敲，又用力扣盒盖，却怎么也打不开它。

"需要借助工具。"山迪叹口气说，"先植树吧，回家再研究它。"

于是他们在树桩旁挖了坑，将树苗小心翼翼放进去，填土后，从湖里打水浇灌。

"它会长成梦中的样子。"山迪望着树苗说。

"需要许多年吧?"

"我们一起来见证。"

"嗯!"蓓姬欢快地点了点头。

他们久久凝视这棵小树,不约而同把手放在树干上,像是触摸一个新生命。这棵蓝花楹将独自扎根于此,经历无数风雨,与飞鸟们相互致意,再一一告别。

(4) ▋

山迪从画室的杂物柜里找出一字螺丝刀,用力撬开了盒盖,里面居然躺着一本书,一本装帧笨重的厚书!

望着封面上烫金的字,山迪茫然道:"这字我不认识。"

"应该是埃及文。"蓓姬瞧了瞧说。

"什么意思呢?"

蓓姬试图精确地翻译它们,但最后颇有些犹疑地说:"如果这些字是书名的话,它应该是……《需想》。"

"《需想》?"山迪重复了一遍,但并不能理解它确切的意义。

"往后翻翻,看看里面都写了些什么。"蓓姬提醒道。

山迪翻开书,发现里面图文并茂,图画比较直观,注解均为埃及文,身为语言系的蓓姬大多可以翻译出来,但书中内容难以理解。

"不一样,没见过!"山迪不禁惊叹道。

"像是个幻想中的世界。"蓓姬猜测道。

"这些是什么?"山迪兴致勃勃地翻到某一页,让蓓姬解释。

"这个词我认识,是食物。"

"黄色圆盘状的食物,还有这个,红色颗粒状的食物,"山迪咂摸着嘴问，"你吃过吗？"

"没有。"蓓姬摇摇头。

山迪和蓓姬惊讶于书中的记载和他们所生活的森博镇大为不同。小镇每户家庭日常供给都源自镇中心的大超市，其中最匮乏和单一的物品就是食物，就只是那一种，白色的没有气味的膏状物质，装在黑色的塑胶袋里，拧开袋口的盖子，通过挤压进食，而饮料只有水以及两三种酒类。

"也许这本书只是杜撰了一个想象中的世界，如此而已。"尽管发现了一些蹊跷之处，蓓姬还是如是说。

"不见得，我看它言之凿凿的样子不像杜撰。"山迪说，"可是大学课程也没有提到过这些内容。我们还是把它读完，再做判断！"

"你应该把书还回去，也许是别人不小心遗落在那里的，我们不该擅自拿走。"

"看完了保证放回原处，花不了多长时间的。"

蓓姬见他如此执着，也不好再阻止，但一种不安的情绪开始在她脑海里挥之不去。

当天夜里山迪失眠了，他的思绪飞到地下室，因为《需想》藏在了那里。他终于沉不住气，从床上爬起来，取出手电筒，打开房门，蹑手蹑脚穿过客厅，朝地下室楼梯走去，刚下了两级台阶，只听啪的一声，客厅灯亮了，回头望去，看到走廊里的父亲，一位身材高大的中年男人，身着褐色长袍睡衣，神态威严地站在那里。

"怎么还不睡觉？"父亲问。

"对不起……把您吵醒了。"山迪没回过神。

"偷偷摸摸这是要去哪里？"父亲用眼神示意山迪手中的手电筒。

"睡不着觉……出来走走。"

"有什么事瞒着我?"

"没有!"山迪连忙摇头。

父亲不作声,凝视着山迪的眼睛,停了一会儿说:"睡不着,可以看看书。"

"知道了,您放心吧。"

父亲转身离开。

"晚安,爸爸!"山迪目送父亲回卧房。

父亲离开后,山迪来到了漆黑的地下室,他打开手电筒,一束白光射向凌乱的室内,他伸手打开储物柜最上层的柜门,取出那本厚厚的书。

山迪坐在地上借手电筒的光翻阅,没有蓓姬翻译,他只能猜测图片含义。《需想》看起来是以百科书的形式呈现的,偏重于介绍某段历史。书的后半部分,从插图上来看,似乎一直在讲述一场旷日持久的战争。有一幅海边的画面,海水猩红,横尸遍野,惨不忍睹。

山迪合上《需想》,长吁一口气。

睡觉是不可能了,不如索性出去走走。为了不惊醒父亲,他关掉了手电筒,在黑暗中摸索着走出了家门,来到了街上。

小镇实施严格的熄灯制度,每晚9点,灯光全灭,若是碰上阴天,几乎伸手不见五指。还好今夜有月亮,被一层薄薄的云笼着,尚能看清地面和建筑轮廓。山迪沿着家门前的路一直向西走去,他的影子被月光拉得很长,显得孤独而阴森。

雾气很重,山迪打开手电筒,指向远处,形成一道长长的光束。

他不知不觉竟来到了图书馆门口,大门紧闭,透过铁栅栏隐约能够看到主楼门口卧着一只黄色的大狗,趴在地上一动不动。

嗜酒如命的霍尔馆长,估计早已进入梦乡。

一个念头在山迪脑海中突然闪过：既然《需想》如此让人迷惑，何不去查阅一些能够看懂的相关书籍，与它比对着看，不就明白了吗？山迪像着了魔，他等不及天亮，想立即实施这个想法。

因为有狗把守，从南门显然进不去。山迪围着外墙向西步行200米，来到西南角，再向北又走了100米左右，找到了西门，西门比南门整整矮小一倍，年久失修，从右向左数第四根栏杆焊接处生锈而松动了，山迪用力一掰，身子一探，恰好钻了进去。

幽灵是不是也从这儿进去的？山迪不禁想，但随后自己也觉得可笑。据说幽灵是飘来飘去的，才不会削尖脑袋往栅栏里钻。

那扇碎了玻璃的窗子尚未修好，山迪费了点力气，把自己从那个破窗口顺了进来。他打开手电筒，看到整排的5米高的巨大书架整齐排列。他按照图书分类标签，好不容易找到了历史类书架，发现偌大的书架上只躺着三本书：《森博简史》、《关于森博的过去》、《关于森博的未来》，相比之下，绘画和设计类的书籍几乎装了大半个图书馆。

"镇上的人们真是热爱绘画艺术。"山迪不禁想。

他打开《森博简史》，这也是一部图文参半的书籍，序言中写道：

> 森博即是世界，创造森博即创造了世界。梦中醒来，世界即是如此。物质变化，内心亦变。面对世界，认识彼此，心灵沟通，难能可贵。此即价值所在，除此之外，世界没有其他意义。

读完这番话，山迪回想起大学一年级入校时的一门必修课，名叫"交流课"，由一名导师启发整个班级去达成所谓的交流。上课如同游戏，比如男生先在原地用肢体摆出一个动作，女生就着男生的造型融入其中，形成一个浑然天成的合二为一的造型，让大家评判是否整体美观。还有诸如"对视练习"，男生女生相隔两米面对面站好，在10分钟内目不斜视，盯住对方的眼睛。这个环节山迪吃过苦头，有一次他恰好和蓓姬对视，山迪羞涩难堪，眼睛多次躲向别处，被导师处罚。

"《森博简史》的主旨，像是与大学课程有某种联系……"山迪联想到。

就在此时，山迪突然感到一股巨大的力量朝他袭来，他的头部磕到书架边框，整个人重重地栽到地上。

刺眼的手电筒对着他的眼睛一通乱晃，山迪感到一阵眩晕。

"抓到你了！终于抓到你了！"

山迪捂着脑袋眯起眼睛望着手电筒的光芒问："你是谁?!"

"我是这里的馆长！别想在我这儿撒野，你这个该死的幽灵！"

山迪见是霍尔馆长，连忙辩解道："馆长，我是山迪，你认错人了，我不是幽灵！"

"不管你是谁，在不该来的时候闯进来，就是冒犯我！从你鬼鬼祟祟进来的时候，我就已经报警了！"

说话间，外头已经传来了警笛声，博格警官携警员推门而入。灯光开启，大厅内所有景象一览无遗，此刻山迪正倒在地上，接受着霍尔的责问。

"霍尔先生，他是谁?"博格警官问。

"他是幽灵！"

"我不是幽灵！"山迪连忙解释说，"警官先生，我叫山迪！"

"你们认识吗?"

"认识又怎么样?我还以为他是个好小伙子，没料想他居然就是那个装神弄鬼的家伙，害得我好几天睡不着觉！"

"我只是来查阅书籍！"山迪辩解说。

"大半夜里，查阅什么书?"博格警官问。

"呃……历史方面的书籍。"

"为什么不白天光明正大地借阅，非要晚上来找？"博格警官问。

山迪闻言一时语塞。

"我曾经看到的那双脚……"霍尔指着山迪的脚，愣住了，因为他发现山迪穿着一双运动鞋，这只脚比他在那个雨夜看到的脚印大得多，"但你偷书是确定无疑的！"

"对不起，我不该夜里闯进来，但我真的没打算偷东西！"

博格警官皱起眉头，严肃地对山迪说："有什么话到警署再说吧！"

就这样，山迪被塞进警车带到警署。可是，对他的审讯并不顺利。

"你究竟要找什么书呢？"博格警官咄咄逼问。

山迪张了张口，想说点什么，但很快又收了回去。他实在不愿意让其他人知道关于《需想》的事。那是他的谜题，他想亲自去解。

正在审讯僵持不下的时候，霍尔馆长的电话突然打到警署，他在电话那头兴奋地叫喊道："我抓到幽灵了！我抓到幽灵了！"

警署里的人面面相觑，茫然不已。

（5）▌

图书馆内，警察们只看见霍尔，没见到幽灵。

"你在开玩笑吗，霍尔？"博格警官一脸不快地问。

霍尔结结巴巴地解释："我的确逮住了幽灵，幽灵进了我的陷阱……但那家伙太狡猾，又逃掉了！"

博格警官戴着塑胶手套小心地拿起走廊里的一个捕鼠器，咬合的部位非常锋利，正有鲜血往下滴。

"你居然用捕鼠器抓幽灵？"

"我还能有什么办法？连你们也抓不住他。至少这样可以教训一下他！"

"不过，倒也没白费功夫。"博格警官仔细采集了这些血迹，准备回去化验鉴定。

天蒙蒙亮，山迪走出警署大门，看见父亲正站在门外，神情肃穆。

"爸爸，对不起……"山迪走到父亲面前，低着头说。

"昨晚你告诉我你想出去走走？"

"嗯……"

"我建议你睡不着觉就去读书，于是你大半夜翻进了图书馆？"

"事实上……是这样的。"

"你打算瞒我多久？"父亲厉声问道，"你究竟想干什么？"

山迪实在无路可退，只好将秘密告诉父亲。

"昨天，我在湖边发现了一本我看不懂的书。"

"什么书？"

"我把它藏在家里的地下室了。"

回到家中，山迪将书递给父亲，等待判决。

父亲翻阅片刻，眉头皱起，合上书，抬起头来望着窗外。

"我没说错吧，这是一本神奇的书！"山迪忍不住说。

父亲转过头来，淡淡地问道："你是怎么想的？"

"它和我们现在的世界非常不一样。"

"的确不一样。"

"我很怀疑我们现在的生活！"山迪大胆说道。

父亲把书放一边，闭上眼睛，用食指和拇指捏了捏眉心说：

"这没什么可怀疑的。我们生活在森博镇，窗外的一草一木，一砖一瓦，你出生的时候即是如此，基本没有什么变化。我作为一名园艺师，为保障森博镇的优美环境而工作，我觉得很有意义。生活在这里，我们都很幸福不是吗？这本你所谓的名叫《需想》的书，是引人误入歧途的书，是罪恶的，疯子才会写出这部荒唐的书。"

"可是……"

"周边的世界不重要，重要的是你的内心。不许再看这本书，我不希望你受它沾染。明天，我会把它交给警署！"父亲严肃道。

"求您别这样！"

"这是为你好！"

"您千万别把它交给警署！"

"讨论已经结束！"父亲厉声道，又抬头看了看墙上的挂钟说，"现在九点钟，你该去学校了。"

山迪看父亲如此坚定，只好作罢。眼看父亲把《需想》装进了铁盒，带回他自己的卧室。

山迪约蓓姬共赴学校，蓓姬得知昨夜之事，大为惊讶。

"谢天谢地，你没事！"

"可是书让我爸没收了，他还要把它交给警署。"

"这样也好。"

"可我才读了一半！"

"再读下去很危险！"

"我会找到答案的！"

"别再执着了好吗？"

望着远处灿烂的晚霞，山迪的心里却迷雾重重，他喃喃地念叨着："我们是谁？我们从哪里来，要往哪里去？"

蓓姬觉得他胡言乱语，不屑道："这算什么问题？你是你，我是我，我们从家里出来，要往学校去。"

"还记得小时候的事吗？你印象最深的是哪件？"山迪突然停下脚步。

蓓姬陷入回忆："小时候的事记不大清楚，印象最深的是有一次坐车沿着一条林荫大道行驶，后来下起了大暴雨，突然出现一道闪电，我眼前一黑就什么也不知道了，醒来时躺在医院病床上。"

"我的天！"山迪瞪大双眼。

"怎么了？"

"一模一样！我小时候坐着父亲的车驶向南部，天空中突然乌云密布电闪雷鸣，汽车抛锚！"

"每次想到这个经历，我就对远方充满了恐惧。"

"蓓姬，你相信我吗？"

"相信啊，怎么了？"

"我是说，你信任我吗？"

"我当然信任你。"

"我打算去远处走走。你愿意和我一起吗？"

"去哪儿？"

"南部！"

"我不想去，"蓓姬直摇头，"我害怕！"

"不用怕，只是去看看。也许，去一趟，童年的阴影就没了。"

"怎么去呢？那儿很远。"

"我打算借我爸的汽车！"山迪望着夕阳的余晖说。

(6)

第二日一早，蓓姬在向西的第一个十字路口等候山迪，一辆白色轿车驶了过来。比预定的时间晚了十分钟。

"快上车!"山迪摇下车窗说。

蓓姬打开车门坐进副驾驶。汽车引擎轰轰作响,驶向了清晨的街道。

"抱歉,久等了!"

"你爸竟然同意借你车?他不像你平时说的那么无情啊!"

"不是借来的。"

"你的意思是……"

"偷来的。"

"啊?"

"他有晚睡习惯,我等到大半夜,估计他睡着了,就偷摸去他房间找车钥匙,钥匙放在他枕边的柜子上。我推门进去凑近一看,他的眼睛居然没有闭上,就像盯着我看,吓我一跳!我正要说对不起,结果他转身继续睡了。他睡觉居然睁着眼睛!"

"他迟早会发现的!"

"实在顾不了那么多了。"山迪叹了口气说。

"但愿千万别出事!"蓓姬望着窗外几欲跃然的太阳说。

车行 15 分钟,抵达郊外,又向南行驶了 30 分钟,看到了远处连接成环状的山,从两侧向远处延伸,包围着森博镇。山上郁郁葱葱,有巨大的鸟类半空盘旋。

入山后,浓雾遮蔽,能见度低,车行缓慢,见道旁矗立黄色警示牌,印有一道闪电,标注:雷电危险,禁止驶入。道路被一排金属栅栏截断。

车缓缓停下来。

"别往前开了,我觉得很危险!"蓓姬担心地说。

"越是危险,越离谜底近!"山迪的神情坚毅起来。

他猛踩油门冲向前方,一声巨响,栅栏被车撞得稀烂,车子也震颤不已，保险杠掉了下来。

"你在干什么？你疯了吗？"蓓姬惊叫道。

"答案就在前面！"

"可已经没路了啊！"

"继续走就有路！"山迪固执地喊道，汽车继续在荒芜崎岖的山路上前行。他体内有一团灼热的火焰在燃烧，像是受了某种神秘力量的召唤。

"这太疯狂了！"蓓姬叫喊道，"快停车！"

天空忽然乌云密布，浓云中，一个巨大的气流漩涡正在汇聚而成。漩涡中心不时闪闪发光，滚滚雷声随之而来，低沉而恐怖。

蓓姬很想违抗，但不知道为何，她望着他的侧脸，望着他坚毅果断的神情，她竟无法抗拒地选择了顺从。

倾盆大雨泼向了汽车挡风玻璃，雨刮器拼命工作，但眼前依旧凌乱不堪。车身被冰雹砸得叮当作响，像快要散架一样。

浓云密布，狂风席卷，暴雨肆虐，雷声大作，仿佛迎来了世界末日。

突然间，一道闪电劈将下来，击中了路前方一棵大树，大树轰然倒地，截断公路。在闪电照耀之下，映出了山迪和蓓姬惨白的脸。

"快看，那是什么?!"蓓姬指着前方一团明亮的火球。

"不知道……它好像正在飞过来！"

山迪紧握方向盘，试图躲开那团火球，在即将发生撞击的刹那，他向右猛打方向盘，火球沿左侧车门擦身而过，伴随着一阵噼噼啪啪的巨响，左侧后车门竟被烧穿，散发出刺鼻的焦糊味。

山迪通过后视镜看到火球被甩在后面，飘向远处。

"那是什么东西?!"蓓姬受惊过度，声音颤抖。

"不知道，"山迪也惊魂未定，"如果迎面撞击，我们一定完了！"

"汽车坏了吗？我们怎么回去啊？"

"我下去看看。"山迪下车，衣服随即被大雨淋得湿透。他简单查看一番后说，"车门坏了，但没熄火，还能开。"

此时，蓓姬尖叫一声，指着车尾喊道："快看！那是什么?!"

山迪朝车尾看去，顿时愣在原地。

那竟然是一双正在奔跑的脚，没有身体！只有一双脚……

第二章　绑架

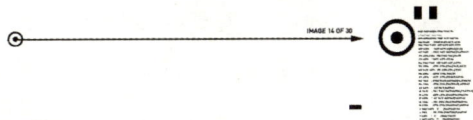

（1）

　　故事要从十二年前说起。

　　沃德省包含大岛和川格岛。大岛面积 3.2 万平方公里，川格岛面积 900 平方公里。沃德省的首府是北岛市，位于大岛北端滨海，与川格岛遥遥相望。

　　宇航小学坐落在北岛市郊，校内除了几栋教学楼外，遍布植被，铺着鹅卵石的林荫路沿着巨大的湖泊蜿蜒而行，芬芳的花香沁人心脾，鲜红的杜鹃、洁白的茉莉、娇媚的月季、紫色的蝴蝶兰竞相开放。

　　2045 年 7 月 1 日这一天，班主任老师走进六年级 5 班教室内，用慈爱的目光望着学生们说："同学们，下个礼拜，小学课程将全部结束，你们要告别这座校园，晋升为中学生了。请大家准备好参加最后一场夏季运动会，为你们的毕业画上圆满句号，留下美好纪念！"

　　学生们激动不已，纷纷鼓掌。

　　待掌声稍息，班主任又说："这次运动会，欢迎各位同学的爸爸妈妈也一起参加，我们将举办宇航小学首届亲子运动会，希望同

25

学们跟爸爸妈妈亲密配合，争取获得家庭团体奖！"

此时坐在教室一角的吉恩垂下头去，心头笼罩了一层阴霾。

吉恩的妈妈名叫苏菲，是一名女博士，这座城市的女博士并非稀有，但像她这么漂亮的女博士凤毛麟角。当初苏菲的父亲希望她能做一名女外交官，于是考大学时责令她报考了小语种专业，但这种被动选择令她不开心。苏菲求知欲旺盛，大学毕业后，她选择继续深造，一边打工攒学费一边攻读了应用数学的硕士学位继而又攻读了物理学博士学位。而且，她在攻读博士学位期间还嫁为人妇产下一子，可谓学业与爱情双丰收，惹得周围同学、朋友煞是羡慕。

此刻，苏菲对着镜子端详自己，她身着浅绿色运动服，非常精神，但好像哪里有些不对劲。她歪着头观察一番，才总算找到原因——头发。

她的头发披散及肩，与身上利落的运动服显得不搭调。片刻思忖，她用一根红色橡皮筋将一捧散发扎成了高束的马尾。

望着扎着马尾辫的自己，苏菲怔了好一会儿。记忆中，这是她少女时代的发型，那时的她，天真无邪，万般美好。

苏菲还是觉得不够完美，因为常在实验室熬夜，脸色显得苍白。她又拿出不常用到的腮红补了补妆，然后冲着镜子微笑一下，总算满意，遂回头喊道："吉恩，早餐吃完了吗？"

"吃完了……"吉恩没精打采。

"好，背上书包，穿好鞋，出发！"

田径比赛男子组 800 米，吉恩和其他选手屈膝就位，随着发令枪响，他铆足劲向前冲去，震耳欲聋的助威声此起彼伏。

"加油！加油！加油！"

吉恩满头大汗，因蒸气而模糊的眼镜片挡住了他的视线，他隐约看到前方拉起的飘带，奋力踏出最后几步闯过终点，观众席传来雷鸣般的呐喊声……

男子 800 米冠军诞生了。

同学们围过来与他击掌庆祝。班主任兴奋地摸着吉恩的脑袋说："我就知道你一定行！"

吉恩努力对大家报以微笑。

广播宣布："宇航小学夏季运动会，田径 800 米冠军获得者，六年级 5 班吉恩同学！"

吉恩登台领奖，捧着奖杯走向观众席的时候，苏菲关切地迎上来将一瓶水递给他："儿子你真棒！"

"谢谢妈妈。"

操场上传来一阵阵哄笑声，原来是家长们在参与运动会亲子项目，吉恩和苏菲向操场望过去，看到同学的爸爸妈妈并排站在一起，进行"两人三足"比赛，爸爸的左腿与妈妈的右腿绑在一起，两人变成三条腿，看哪组选手率先冲过终点。爸爸妈妈们跌跌撞撞地向前跑，同学们呐喊加油，整个场面看上去温馨而有趣，吉恩羡慕不已，低头望着自己手里冷冰冰的奖杯，神情顿时黯然了。

回家路上下起大雨，苏菲开车，吉恩坐副驾驶，雨刷器快速地摇摆。苏菲知道吉恩为何不开心，她伸手摸了摸儿子的头说："对不起。"

"爸爸到底什么时候回来呢？"

"应该快了……"苏菲的回答带着犹疑与不确定。

吉恩转头望向窗外的大雨，手指划过满是雾气的窗户，画出一个嘴角下弯的沮丧表情，但很快又用手掌擦去，闷闷地问了苏菲一句："爸爸是不是不要我们了？"

苏菲连忙回答："怎么会呢？爸爸很爱我们！"

"可他前年圣诞节没回来，去年圣诞节也没回来……他好像永远都回不来了！"

"爸爸在工作，他很辛苦，他已经提交过申请，应该很快会被批准。"

"唉，我不太相信。"吉恩叹了口气说。

看到儿子用不属于他这个年龄的语气讲话，苏菲感到诧异而难过。

夜晚，苏菲来到吉恩的房中，看到他已经做好作业，整理好玩具，洗完澡躺在了床上，手里把玩儿着一个相框，里面装着一张全家福。

"要听睡前故事吗？"苏菲举着一本故事书问。

吉恩摇摇头："那些书我自己已经读过了。"

苏菲觉得有点儿尴尬，是啊，她都不记得上次给儿子读睡前故事是什么时候了，这些年来，因为她总是忙着工作，实验室的科研项目占去她太多时间，她总是把儿子丢给家政机器人。现在想来，十分懊悔。

"你的生日快到了，有什么想要的礼物吗？或者，有没有什么特别的生日愿望？"苏菲岔开话题，面带笑容地询问着。

躺在床上的吉恩顿了顿，歪着脑袋问道："只要我许下愿望，就会实现吗？"

"是的！"苏菲伸手摸了摸他的头发，宠爱地说。

吉恩双手合十，闭眼祈祷："我希望，今后我能和其他同学一样，看到妈妈和爸爸一起玩两人三足的游戏……"

苏菲的眼眶湿润了，她自恃坚毅勇敢很少落泪，上一次流泪还是在婚礼上，面对眼前那个男人诚挚的告白，互相交换戒指许下誓言时，流下过喜极而泣的泪水。

等苏菲回过神来，再想与吉恩对话时，发现儿子已经睡着了，手里还紧紧抱着全家福。

苏菲小心地把相框从儿子怀中抽出来。照片中父子俩戴着一模一样的黑框眼镜，冲着镜头开怀大笑。

苏菲的手指轻轻触摸着丈夫上扬的嘴角，转头眺望窗外，雨已经停了，晴朗的夜空中闪烁着点点星辰，她的心，穿行于浩瀚无际的夜空，带着长久以来的依恋与思念，抵达了属于另一颗星球遥远的疆域……

(2)

苏菲的丈夫名叫维克，他身材高大，头发卷曲，鼻梁挺直，斯文儒雅，笑容温暖。这个英俊男人的气质不免让人猜测他的职业会是颇受学生喜欢的教授，或者是推理小说家。此刻，他手中正拿着一个水杯那么大的袖珍花盆，盆体上刻了几行字：富贵树，阳性植物，喜光，生长适温 15℃—30℃，冬季不低于 5℃，请保持盆土湿润，空气干燥时可向叶面喷雾增湿。

看毕，维克将盆栽置于桌面，从仪表台下方的柜门里取出一只橙色小喷壶，对着心形的叶面喷了两下，叶面蒙上了一层细碎的水珠，小水珠渐渐汇聚成大水滴，从叶子尖端摇摇欲坠，晶莹剔透。

维克俯下高大身躯，从下向上望去，由于视角原因，植物放大，成了一棵树的模样——这令他想到这几日反复做的梦，梦中有一棵青翠招摇的小树，树下，一位年轻女孩冲他微笑，她眼睛清澈，睫毛细长，眼角还有一枚俏皮生动的雀斑。

梦中，微风吹过，树叶沙沙作响，欢快舞动。

每次梦中醒来，维克都有诸多疑问：那是棵什么树？对他微笑的女孩是谁？梦中的自己为何如此年轻？

维克用拇指和食指揪住眉心，停顿了一两分钟，晃动了一下稍有些僵硬的脖颈，做了一个深呼吸，把喷壶放回原处。

他抬起头来，眺望远处，此时他正身处于一个巨大的透明防护罩中，外面是一望无垠的红色沙漠，与智利的阿塔卡马沙漠非常相似。

但是，这里是火星。

大气中充满了细微的红色尘埃，天空呈现出淡淡的红色。薄云掺杂了沙尘而显出黄色。除了刮起可怕的火星尘暴，在大多数日子里，都是晴空万里。风速很低，万籁俱静。太阳挂在远处，比在地球上小很多，但依然如钻石般发出刺目的光芒。

38 岁的维克独自一人在火星基地工作，当然，严格意义上来说，他不算孤军作战，因为他还有 9 名机器人作为帮手。

目前正在建设的火星基地规模不大，地址选在一座小型盾状火山的山麓脚下，这是为了降低小天体直接撞击到基地的概率。大约需要四年时间才能完成基地设施的初步组装。建成的基地将由两个足球场大小的穹顶天幕包裹。两个穹顶间隔 50 米，由密闭通道连接。新型材质的穹顶轻薄而强韧，能够经受巨大的温差变化，具备一定的透明度和相当高的抗辐射能力，阳光可以进入，但危险的高能粒子被阻挡在外，还可以把火星上的风和高能粒子辐射对天幕的压力转化为电能。建成后的基地可以容纳大约 100 人在这里工作和生活。氮气和二氧化碳主要来自火星大气，而维持生命的氧气则由氧气工厂提供。火星的地下水系发达，做适当加工就可供基地人员使用。

火星基地计划很宏伟，它的目的不止于建造一个小型基地，而是要建造火星城市，甚至，改造火星本身，使其变成一个无需穹幕也可以适宜人类生存的第二个地球。全部过程预计需要 500 年甚至更长的时间。改造火星的大气层是重中之重。想让火星适宜人类生存，需要改变大气层的气压、温度和成分。

当维克第一次看到《火星改造计划书》的时候，暗叹人类的敢想敢干。改变火星大气层，居然要利用"温室效应"，常人听到"温室效应"四字会谈虎色变，但在火星，情况大不一样。火星温度极低，年均气温零下 57 摄氏度，最低温可达零下 132 摄氏度，人类无法承受。该计划第一步是从火星土壤里提取和加工一种名为四氟化碳的"超级温室气体"，它比二氧化碳强悍得多，把四氟化碳投放到火星大气中可提高气温，而原本冰冻的固态水也就可化为液态而在火星表面流淌了。此时火星冰层中的大量固态二氧化碳会转化为气态，进一步促进大气升温。火星土壤成分含有高氯酸盐和过氧化物，有剧毒，但可引入大量生命力极强的细菌去改变土壤成分，再种植一些能够适宜火星环境的植物，例如芦笋、芜菁和青豆。植物吸收二氧化碳排放氧气，大气含氧量提高，可供人类呼吸。火星的大气原本稀薄，只有地球气压的 0.75%，当气体排放增加，气压升高，只要达到地球气压的四分之一，人类外出作业时就不需要穿笨重的带气压的服装了。这时的火星，也将逐渐从红色变成绿色，最后会变为蓝色。

计划很美好，现实很蹉跎，需要几辈人不懈经营才有望实现。目前的火星，就如维克此刻所见，还是一个寒冷、干燥、荒芜的世界。

维克已经在火星熬了整整三年。

人力成本高昂是火星基地建设最大的困难，运输人类到火星，需要复杂而耗资巨大的生命保障系统。因此，航空航天局只派维克一人前往火星工作，随他同去的，是 9 名无须生命保障系统的机器人。

说到机器人，2037 年的人工智能科研大会闭幕之后，机器人制造业取得突破性进展，智能机器人进入千家万户。许多机器人被制造成了人的样子。就如科研大会所言，人类和机器互补融合，融合的方式无非是机器进入人体或者人体附着机器。最易于操作的方式是，通过人类克隆体结合机器部件、芯片的方式组合新型的机器人。80%高性能的机器组件加上20%的肉体。但是，尽管机器人被制造得越来越像人，针对智能机器人的"图灵测试"却始终没过关。

此次与维克同行的机器人只是纯粹的机器，身体的各个部位全部都是耐受力和适应性极强的金属及电子设备，几乎没有拟人外表。考虑到火星环境恶劣，那些结合了有机体的机器人在这里并不实用。当这些看起来呆头呆脑的金属机器人集体站在维克面前的时候，他感到很乏味。

三年前的那个早晨，维克头顶光环，接受着人们的羡慕和祝福，走入火星9号的舱门，在离地球越来越远的征途中，他曾憧憬火星生活，并以完成人类使命而自豪。他并不是第一个登上火星的人，但他却是第一个在火星上独自生活了3年的人。

虽然维克有心理准备，但褪去了最初的使命感和热情，孤独枯燥的火星生活还是使他心灰意冷。缺乏亲人、朋友的陪伴和交流，他日渐寡欢。有时在度过好几个火星日后，他才恍然发现自己未讲一句话。

维克借兴趣爱好消磨时间，譬如创作水彩画，以及开发他曾在地球上就开始研究的智能系统。他对此颇有热情，占用了大多数业余时间。

红色沙漠在视线中渐渐模糊起来，记忆把维克带到更为遥远的地方。刚下完雨的夏日午后，他与女友苏菲倚靠在大学校园的树荫下，探讨那些充满魔力的诗歌。婚后他亲眼目睹儿子吉恩的降生，为牙牙学语的小生命喜极而泣。

回忆如同青荇般在维克的每个不眠之夜轻柔摇曳着，温暖地将他簇拥，同时又搅入五脏般令他伤怀。

(3)

视频电话显示器里由雪花渐渐定型为人影。

看到苏菲，维克心底里似注入暖流。

这是他们之间的约定：每隔 10 个火星日，视频通话一次。火星与地球平均距离 1.2 亿公里，信号传输明显延迟，维克在火星上讲一句话少说也需要 20 分钟才能传送到地球，对方回话，再过 20 分钟传回火星。对话间隔 40 分钟。但即便如此，维克已经很满足。

"亲爱的，我非常想念你和儿子。你最近好吗？工作顺利吗？"维克凝视着妻子的脸，微笑着问候，"我这里一切都按部就班，不过，VIC 智能系统的研发有不错的进展。对了，吉恩生日就快到了，记得帮我准备生日礼物。他有什么特别的要求吗？我猜他一定是想要一台虚拟游戏机，或者一台 G 型机器人。我没猜错吧？"

40 分钟后，苏菲报以微笑说："我和儿子也十分想念你，只希望你早点结束工作，回来团聚。你的 VIC 智能系统如果能加以推广，将来你就可以改行不做宇航员了。说到工作，关于新能源的研究，我和马丁配合默契，我们正在进行最后阶段的实验，估计不久就会有好消息。吉恩已经小学毕业，还得了夏季运动会田径单项冠军。他看到别的同学父母一起玩两人三脚的游戏，非常羡慕，回来告诉我说，他的生日愿望，就是希望你和我们一起做这个游戏。"

维克听罢内心涌出一股挥之不去的愧疚感，眼看儿子十二岁了，他陪伴在儿子身边的年头加起来还不足三年。儿子愿望朴素，只希望家人团聚，和其他同学一样过上有爸妈陪伴的日子。维克又何尝不希望与妻儿重逢？他也想尽为父的责任，参与儿子的成长和教育，可现在的他甚至无法决定自己身处何地。

维克心情沉重地说："我有愧于吉恩，缺席了他的成长……我也希望尽早返回地球，跟你们一起生活。我已经申请过三次，但每次都被驳回……恐怕我还要在这儿待一段时间。"

苏菲闻言失落不已："一段时间？究竟是多久？已经三年了！"说到这里，苏菲意识到自己有些咄咄逼人，其实她知道维克的身不由己，谁让他们都选择了献身科学事业呢。苏菲揉了揉太阳穴，继续说，"对不起，我有点着急，彼此理解，尽力而为吧……儿子已经睡了，我明早还要去实验室，早点休息吧。"

收到信号，维克同样失落，但他知道这种时候只能强颜欢笑，不然又能怎样呢？

"好吧，亲爱的，我爱你和儿子，早点休息，晚安。"

苏菲的面容消失后，维克回身躺在基地那张狭窄的床上，闭上眼睛，陷入冥思，想到了自己的童年……

(4)

维克12岁那年的夏天，父亲带他外出游玩。

维克的父亲是科普作家，特别善于把晦涩艰深的科学知识以生动幽默的笔触编织起来，且视角独特。维克深受父亲影响，从小就对未知世界怀有强烈的好奇心。

他们参观了沃德博物馆，穿过长长的、有阵阵回音的走廊，投入到一个奇妙而陌生的世界中去。维克饶有兴致地观看了橱窗内的藏品，那些厚重的历史穿越了万年时光而残存的碎片，令他流连忘返。

博物馆设在远郊，离家40多公里，返程时天色已晚，不巧汽车故障无法前行。

"你这台老爷车真该换啦！"维克取笑父亲。

这条新修的公路刚刚开放，二人矗立半天竟无车路过。最后，父亲只好抱歉道：“儿子，今晚要委屈你跟我住在野地里了。”

“啊哈，没关系，我喜欢野营！”维克兴奋道。

公路沿河而建，汽车驻停河畔草地，车旁支起便携帐篷，父子俩钻入躺下。潺潺水声和啾啾虫鸣，交织成一曲悦耳和谐的乐章。

“博物馆里说，我们是由猩猩变的。”维克说。

“这件事我们不妨从长计议……”父亲说，“我要说你是由原子变的你反对吗？”

“原子？”

“说起来有点复杂，但我保证你能明白。”父亲坐了起来，清了清嗓子说，“首先，你来到这个世界，几万亿个游离的原子不得不以某种方式聚集在一起，以复杂而又奇特的方式创造了你。此后的许多年里，这些原子将任劳任怨地进行几十亿次的巧妙合作，使你保持完好，让你经历惬意而又通常未被充分赏识的状态，那就是生存。”

“原子看起来好辛苦。”维克插嘴道，“那原子有生命吗？”

“原子没有生命。要是你拿起镊子，把原子一个一个从你的身上夹下来，你就会变成一大堆细微的原子尘土，其中哪一个原子也从未有过生命，而它们又都曾是你的组成部分。”

“这真是个奇妙的想法。”维克瞪大眼睛道，“那原子是哪里来的？”

“宇宙大爆炸的时候，还有超新星爆发的时候，产生了组成你的许多种原子。”

“那原子还能组成别的什么东西吗？”

“原子构成了我们的世界，它们形成了任何东西。”父亲补充道，“当然，最奇妙的是形成了聪明的你！”

“哈哈，太奇妙了！”维克眨巴着眼睛问，“那原子还能形成除了我之外的其他聪明的东西吗?"

"你是说其他人吗?"

"除了人类!"

"嚯,让我想想看……"父亲思忖片刻说道,"也许还有外星人,或者……机器人。"

他们把脑袋伸出帐篷外,因为天空没有市区的污染,维克第一次领略夜空的壮丽。一颗颗清晰明亮的星辰闪耀着,它们像是镶嵌在天空这片黑丝绒中的璀璨宝石,又像是少女烁动的泪珠,他被眼前这一幕深深地吸引住了。

"那些星星,一定藏着秘密!"维克感叹道。

"有个问题问你,"父亲指着天空说道,"你知道夜晚为什么会是黑色吗?"

"这个问题也太简单了吧!因为太阳下山了呀!"维克不屑。

"没那么简单。"

"难道不是吗?"维克纳闷道。

"你看到的星星几乎都是恒星,恒星会发光,宇宙中恒星的数量无穷无尽,按理说,无数的恒星会填满夜空中每一处黑暗的角落,在任意方向上,都应当至少有一颗以上的恒星相对,所以夜晚应该看起来非常明亮才对。"

"咦,对啊,我怎么没有想到!"维克兴奋地拍着手,但很快又觉得不对,"可既然如此,为什么夜里天是黑色呢?"

"科学家们就这一问题争论了几百年,后来,有一个名叫艾伦－坡的诗人,他写了一篇名为《我发现了》的散文诗,其中一句是这么写的:星星无穷尽,夜空应明亮,何故是暗夜,星星太遥远。"

"星星太遥远?他的意思是……"维克不解。

"艾伦－坡的意思是说,光的速度是有限的,那些遥远恒星发出的光还没来得及抵达我们地球，所以夜空看起来才是黑色的。"

"原来如此……"

"一个诗人，业余天文爱好者，居然解答了百年难题。"

"宇宙太神奇，我们太渺小了……"维克仰望着星空，心生敬畏。

就是那个瞬间，他伸手指向夜空，坚定地对父亲说："爸爸，我要去那里！"

"你说什么？"父亲不解。

"我想去太空！"

平淡无奇的夏夜，言之凿凿的少年，在接下来人生中不懈奋斗，朝着这个目标不断迈进。维克还记得，当自己第一次飞向太空，蔚蓝色的地球从身后渐渐远去，梦想的洪流冲击着他，令他一心向往陌生星球。

然而，梦想成真，换来的竟是空虚与煎熬，还有满满的内疚。记忆渐渐变得黯淡。

思前想后，维克咬了咬牙，从床上坐起，开启电脑，手指在键盘上飞速敲击，写下一封邮件。

尊敬的洛克上校：

在火星向您问好！

关于基地建设进程的报告，我已整理好发送给您了。这封信，是我写给您的私人信件。

三年前，当我得知自己成为驻扎火星的唯一人选时，兴奋之情至今历历在目。初登这片陌生的疆域，一切开拓都是举步维艰的，难关终于一一度过，建设步入正轨，基地的落成指日可待。

涉足人类尚未抵达的领域，进行漫长的火星探索，对我而言，是一种锻炼。但是时至今日，我不得不说，它已变为煎熬。我身上担负着重要的职责和使命，但同时，身为一个妻子的丈夫和孩子的父亲，也担负着家庭的责任。我孤独留守于此，已与家人整整三年未曾见面。

我为这份工作付出良多，恳请您尊重我的请求，考虑派遣新同事来接替我。此前我曾向您提出过返回地球的诉求，您答应予以考虑，但时隔已久，希望这次您能慎重决定，予以批复。

祝好！

维克敬上

2045 年 7 月 4 日

写毕，维克重重按下发送键，如释重负。

维克对洛克上校充满寄望，他确信此次申请能够批准。

他透过基地望远镜去眺望地球的方向，夜空中，那颗蓝色的星球静静地伫立着，那里有他温暖的家。

"很快就要离开这个鬼地方了！"维克自言自语道。

（5）

沃德省是产油大省，拥有一个原油勘探储量为 100 亿桶的陆上油田和一个储量为 40 亿桶的海上油田。沃德石油公司是全省最大的一家石油公司，在多年的经营活动中逐渐吞并了其他较小的石油公司，成为一家具有垄断地位的拥有 5000 名人类员工和 20000 名机器人员工的大型私有企业。2044 年一年原油开采量为 3000 万吨，可谓惊人。沃德省政府财政收入的 30% 竟来自于该企业缴纳的税收。他们甚至还花费巨资资助了新任省长的竞选，可谓从经济和政治上都站稳了脚跟。

而原本关起门来搞研究的苏菲，竟然和这家举足轻重的石油公司有了瓜葛。

7月12日是吉恩的生日。为了给吉恩过生日，苏菲打算亲自做一个生日蛋糕，实验室的瓶瓶罐罐她摆布得游刃有余，但对于烹饪，她可是个门外汉，更别提烤蛋糕了，尝试了一次又一次，灶具叮当作响，厨房一片狼藉。

终于，一块看上去尚且成形的蛋糕出炉了，剩下的工作是涂奶油和排列水果。

电话响了，苏菲对着书房喊道："吉恩，帮我接电话！"

正在做作业的吉恩很快跑到客厅接电话，回来说："妈妈，是马丁叔叔。"

苏菲洗手过来接电话："喂，马丁，什么事？"

"苏菲，你能来实验室一趟吗？"马丁吞吞吐吐。

"去实验室？有什么急事吗？"苏菲皱了皱眉头，今天是她的休息日，又是儿子的生日，她分明嘱咐过马丁今天自己要在家休息的。

"刚刚有人来实验室找你……"

"什么人？我现在走不开，明天再说吧。"苏菲准备挂电话。

"恐怕你还是必须来一趟！"马丁的语气坚决了些。

苏菲愣了一下，马丁是她多年的搭档，她了解他的为人。他虽然业务好，但却是个不折不扣的宅男科学家。三十出头仍是单身，身材瘦高，性格内向，做事犹豫，说话也不利索。现在他一再强调她必须去办公室，肯定是发生了他应付不来的大事。

"好吧，我一会儿就到。"虽然很不情愿，但苏菲还是答应。

挂断电话，褪去围裙，换了便装，苏菲叮嘱吉恩："妈妈有急事去趟实验室，你老实在家待着，不许放陌生人进门，等我回来咱们一起吃蛋糕。"

吉恩比了个"OK"的手势说："放心去吧，妈妈，我能照顾好自己！"

苏菲揉了揉儿子的短发，微笑着离开了。

"这是什么？"

实验室桌上放只黑色皮箱，苏菲皱皱眉，指着它问马丁。

"你打开看看。"马丁耸耸肩。

苏菲狐疑地打开箱子一看，里面居然码放着一整箱现金。

"这么多钱哪儿来的？！"苏菲惊讶道。

"凯希派人送来的。"

"凯希？"苏菲想了想道，"好耳熟的名字。"

"沃德石油公司董事长尤金的大公子，公司的副经理。"

"他什么意思？想要收买我们？"苏菲扣上箱子，坚决地说，"我现在就送回去！"

"可是苏菲，你要想清楚，这个凯希据说很不好惹。"

"我想得很清楚！"

"这笔钱有助于我们继续工作，咱们经费紧张，原来那个投资人明年也许就要撤资了……"

苏菲决绝地打断马丁道："就算你不知隐情，也该动脑想想，我们现在研究的新能源技术，与石油公司这样的传统能源有直接利益冲突。我们利国利民，他们中饱私囊。石油公司这时候送钱来，一定不怀好意，更别提给我们研究经费了！"

马丁望着郑重而严肃的苏菲，恍然大悟。

烈日下的地表温度令人煎熬。苏菲将装钱的皮箱放入汽车后备箱，拉开车门坐了进去。刺目的太阳使苏菲双眼十分不适，她取出墨镜戴好，从后视镜里看了自己一眼，有些担忧，但她还是甩了甩头发，鼓足勇气发动引擎，对着导航仪说了句："沃德石油公司！"

门铃响起，正在看报纸的凯希扫了一眼监控器，面无表情地回答："进来。"

门开启。

凯希放下报纸，抬头瞥了一眼来人，未起身问了一句："你有什么事？"

提着黑皮箱的苏菲不卑不亢地说："凯希先生，我想您应该知道我是谁。"

凯希37岁，身材瘦削，眉眼浓重深邃，法令纹很深，下巴上留着一撮很不协调的白胡子，更加衬出了他的阴鸷气质。他打量了一下苏菲，微笑着说："嗯，鼎鼎有名的苏菲博士，我怎么会不认识呢？不过，不知你来这儿有何贵干？"

"我来还东西。"苏菲将皮箱放到凯希的桌子上。

"还东西？我借给你东西了吗？"凯希皱皱眉说。

"你派人把它送到我的实验室！"

"是吗？我不记得了。"凯希微笑着说。

苏菲知道，他之所以拒不承认贿赂，就是在强迫她接受这些钱，如果这些钱还不掉，她将无法安宁。

凯希拉开抽屉，从一个精致铁盒里拿出价值不菲的雪茄，然后用一只镶钻的打火机点燃，苏菲看着打火机上那团簇动的小火苗，灵机一动。

"打火机可以借用一下吗？"苏菲不动声色道。

凯希愣了一下，以为苏菲要抽烟，就大方地将打火机递到她的手中，还客气道："我这里有上好的女士香烟。"

41

苏菲轻巧地从皮箱里抽出一摞现金，凑近火苗，笑着对凯希说："如果您不介意的话，我想把这箱东西烧掉。"

"你疯了吗?!"凯希放下了手中的雪茄，厉声道。

"反正这些钱我不要，又说不是您的。"苏菲将胳膊抱在胸前道："空调太凉，我想生火取暖。"

凯希怔住了，意识到眼前的这个女性是多么倔强不屈，只好妥协道："好吧，不兜圈子，我希望你把你正在研究的自由能源卖给我!"

"不卖!"苏菲坚决地说。

苏菲是个漂亮女人，这毋庸置疑，凯希见过许多拜金的漂亮女人，但眼前的这个女人完全颠覆了他的看法，他甚至有些钦佩她了。

"抱歉，苏菲博士，是我唐突了。"凯希摸了摸白胡子，微笑着说。

"那么，您现在愿意收回这笔钱了吗?"苏菲熄灭打火机道。

"好，我收回。"凯希走过去合上皮箱，转身打开身后的保险箱，将皮箱锁进去，然后摊开双手说，"你瞧，什么事都没发生。"

"既然物归原主，我先告辞了。"苏菲转身要走。

"等等……"凯希阻拦道，"我可以请你喝杯咖啡吗，苏菲小姐?"

苏菲意识到了他更改了称呼，从"苏菲博士"变成了"苏菲小姐"，而且，他望着她的时候，眼睛里闪烁着的，正是男人凝视女人的殷切目光。

"不必了，我还有事。"苏菲似是无意，其实却别有心思地伸手撩了下耳边垂下的一丝散发，露出无名指上闪闪发光的婚戒。

凯希干笑了一下，表情黯然。

"再见!"苏菲拉开门，头也不回地走了出去。

(6) ▯

　　晚餐后，苏菲与吉恩迫不及待守在电脑前，准备和维克视频通话。

　　视频接通，维克出现在屏幕上。

　　"儿子，生日快乐！爸爸很想你，不知道下次和爸爸掰手腕是不是能够赢得过爸爸。我知道你的生日愿望是希望我早点回家，和你还有妈妈一起参加家庭运动会，你放心吧，爸爸已经提交了申请，不久之后就会返回地球了。"

　　吉恩兴奋拍手道："太好啦！那我等你回家！对了，妈妈今天给我做了生日蛋糕，特别好吃。还有啊，我报名参加了暑期天文小组，想好好了解一下火星，将来做一个像你一样的宇航员，去探索宇宙的奥秘！"

　　"妈妈居然会做生日蛋糕了？了不起，不过，厨房一定搞得一塌糊涂吧？你替爸爸多吃几口。你刚才提到理想，怎么说呢，爸爸理解你，但是吉恩，理想是人生大事，要仔细考虑，慎重选择。你希望成为宇航员，就先要了解它可能给你带来的生活各方面的影响。"

　　"哈哈，妈妈把厨房弄得像战场一样。嗯，你放心爸爸，我会成为一名出色的宇航员的！"吉恩兴奋道。此时，苏菲插话了，"维克，申请提交了吗？太好了，希望这次能批准！"

　　在等待维克回话的时候，苏菲这边显示器里的维克突然变成了两个。

　　吉恩和苏菲面面相觑。

　　"怎么会有两个爸爸？"吉恩大为不解。

　　"显示器出问题了？"苏菲纳闷道。

　　这时，显示器右侧的维克突然说话了："哈哈，其实刚才和你们对话的人不是我，而是我设计的 VIC 系统。苏菲，就是我跟你提过的那个智能系统。我设计了一个和我一样的虚拟外形显示，最关键的是，它同步了我的大脑信息，他讲出的话，正是我要对你们讲的。怎么样，是不是很奇妙，连我最亲近的两个人都无法分辨。"

　　吉恩惊讶地赞叹道："爸爸你太神奇了，你居然造出了一个你自己……"

　　苏菲疑惑道："维克，你的 VIC 系统十分出色，比我预想的还要好。它能替代你进行一切的大脑活动吗？我很好奇这是怎么做到的。"

　　"苏菲，智能系统的研发不是我的主业，但你知道大学里我学的是计算机工程，那才是我钟爱的领域。人生大概就是这样，爱好和工作经常无法统一。VIC 系统是在专家系统、模糊逻辑、人工神经网络、遗传算法等这些传统智能系统的基础上重新整合的混合智能系统，它大大提升了智能水平，是最接近人类智能水平的新系统。它最大的特点你已经看到了，就是它可模拟出某个具体的人。目前 VIC 系统就是完全同步了我的知识、记忆、情感体系，可以说，它是电子世界里的我，想我之所想，思我之所思。现在，它可以替我下达指令指挥基地的机器人工作，还能处理与沃德航空航天基地的视频电话和邮件。两年前我开始研发 VIC 系统，到今天已经基本成功了。对了，亲爱的，关于图灵测试，你知道的吧？"

　　"阿兰–图灵？我知道，100 年前的科学家，图灵测试是他发明的。那是一种检验人工智能水平的方法。具体来讲是让人和计算机一起接受第三方的询问，由第三方判断谁是人，谁是计算机。如果第三方无法做出判断，或者判断的结果与事实相反，那么就可以视同该计算机通过了图灵测试，也就具备了近乎人类的智能水平。"

　　"没错！老实说，VIC 系统我已经启用四个月了，所有人都没发现 VIC 系统的存在。现在，连你和儿子都无法分辨出我和它。如此看来，VIC 系统其实早就通过了图灵测试。"

"简直太棒了！维克，你返回地球后一定要推广 VIC 系统。如果机器人搭载了 VIC 系统，前景不可限量，人类会彻底解放生产力。这将成为你事业的第二春，你再也不用待在该死的火星了！"

"你说的对，我也是这么想的！"维克说着突然想起什么，话锋一转道，"VIC 系统帮我省出许多业余时间。你知道，刚上大学那会儿，有段时间我痴迷绘画。看来我当初带画具来火星是明智的。我画了几幅画，想请你和儿子点评一下。"

维克出示了两幅 4 开大小的画。

第一幅画：漆黑的宇宙中有一颗红色的星球；

第二幅画：一个女人拉着一个小男孩，走在一条空旷的大路上，晚霞在远处燃烧，画面的近处是一个男人的半张脸，正凝视着远处的那对母子。

"嗯……这两幅画都很美，水彩晕染很有层次。"苏菲扭头又问吉恩，"吉恩，你喜欢爸爸的画吗？"

吉恩看了一会儿，皱着眉说："第一幅画，我感觉这颗红色的星球很孤独；第二幅画，虽然三个人都在画里，但他们并没有团聚。"

听了吉恩的话，画面那头的维克和画面这头的苏菲都陷入了沉思。

（7）▍▍

7 月 13 日，维克终于接到了洛克上校的回复。他在信中表示，重新发射航天器费用高昂，而项目经费拮据，申请增补的经费还没有批下来；另外，总部人才紧缺，暂时找不出合适的人选替代他，还希望他能再耐心等待一段时间。

真是兜头泼了一盆冷水！

自火星基地计划实施以来，基地的航天飞机一共发射过4次。航天飞机虽然可以重复使用，科技含量很高，但造价不菲，财政赤字不断，渐渐退出历史舞台。而新型的"空天飞机"30年代以来取得了重大进展，这种"空天飞机"无需像航天飞机一样用火箭助推或者用民用客机搭载，它安装了能同时适应大气层和外层空间运转的复合型发动机，可像普通民用飞机一样直接在机场起降。但"空天飞机"太过复杂和精密，可靠性差，曾经出现过两次重大事故，一次是发动机异常导致动力不足险些坠毁；另一次是安置在机头部位的复合型耐高温材料发生裂缝，重返地球大气层时，由于下行时间过长，超高温气体从裂缝处进入机体，导致"空天飞机"解体，三名宇航员丧生火海。由于"空天飞机"的不可靠，实际执行火星任务的还是几十年前就使用过的传统的无法重复使用的巨型运载火箭，具体方法是：用3至4枚运载火箭把"火星船"的部件运送到地球低轨道组装，组装完成后，推进器点火将"火星船"向火星方向推进，飞行6至7个月后抵达火星。

火星基地计划实施以来总是磕磕绊绊，并不顺利，再加上事故造成巨大经济损失，给原本就经费紧张的沃德航空航天基地雪上加霜。民众开始反对频繁的火星活动，政府压力很大，只好缩减开支。但基地人员包括维克心里都清楚，这只会造成恶性循环：财力拮据会导致人手和工时不足，反过来更会增加任务执行的安全隐患。

第二天一早，维克起床后精神不佳，他琢磨了一夜该如何向妻儿解释暂时无法返回地球的事实。愣神间，他发现富贵树有两片叶子枯萎了，正要拿起剪刀将其剪掉，耳旁传来"滴滴滴"的声响，视频通信系统启动了。

视频接通后，维克看到了苏菲惊惶未定的面孔。

苏菲迫不及待地说："维克，石油公司的人找过我了，此前我有所预料，但没想到后果这么严重。新能源计划最近进展顺利，石油公司花钱利诱我出卖试验机密，被我拒绝了。把项目卖给他们肯定会胎死腹中……我今天发现实验室里被安装了窃听器。"苏菲说着把一枚纽扣状黑色物体摊在掌心给维克看，"就在刚才，实验室的设备全被那伙人捣毁了……"苏菲说到这里，视频信号突然变得很差，人影模糊，发出哗哗的声响，继而中断。维克尝试了多次，无法再次拨通。

望着雪花屏幕，维克一拳砸在控制台上，花盆震落在地，低重力没使花盆摔碎，但培土倾倒出来，富贵树的根部裸露在外。

维克意识到，苏菲凶多吉少。

作为一名科学家，苏菲只想造福人类。在资金紧缺的情况下，她依然在进行独立研究。由于此前长期没有进展，一家参与投资的地产商决定第二年不再续约。按理说，世间不少战争和创伤都由争夺能源所致，新能源能够解决人类后顾之忧，而且会带动其他各个领域的发展。但石油开采和冶炼已经成为沃德省的支柱产业，苏菲也渐渐明白，石油公司在整个沃德省的利益关系盘根错节，接下来的研究和推广之路会困难重重。

维克向总部拨通视频电话："呼叫洛克上校，我的妻子苏菲博士遭到沃德石油公司的监视和威胁，我非常担心她，希望总部能立即派人调查并确保她的人身安全！"

消息发出后，维克叹了口气，蹲下扶正花盆，用手把土壤拢起来倒入盆内填好，再次把花盆放到控制台一角，仰头望着窗外红色而单调的天空发呆。

维克等了一下午，总部视频才传输过来。

洛克上校在屏幕跟前正襟危坐，切入主题："维克，收到你的呼叫后，我派人去你家调查，苏菲情绪不稳定，但她本人没受到伤害。关于石油公司，如果没有确凿证据，建议不要凭空猜测，以免惹上不必要的麻烦。我怀疑，你妻子是因为工作压力太大，有点神经衰弱，应该多加休息。"

"苏菲给我看了窃听器！实验室被人为破坏，还有，我们的通话信号突然中断，一定有人从中作梗！我不怕麻烦！我相信苏菲的话，她现在情况很危险……如果您不能批准我返回地球，我将递交辞呈！"

洛克上校没料到维克会如此急切直白，他脸上立刻蒙上了一层阴霾，顿了顿语重心长地说："维克，希望你慎重考虑，你是我们在数以千计的优秀科学家中选拔出的人才。作为一名航天科学家，你背负着人类的使命和责任。火星基地计划走到今天来之不易，资金紧缺，几乎全部投入了这个项目，整个沃德省航空航天基地上万名工作人员都在为这一项目服务，为制造运载火箭以及火星基地建材所涉及的加工厂、大学科研力量更是非常多。政府也顶着民众的压力，好不容易才打破阻挠，得以实施这一计划。维克，不得不说，你令我有些失望。我希望你能认真地对待你所坚守的一切，不要辜负我们对你的苦心栽培。当然，我们也会尽我们的责任，派人保护你妻儿的安全。维克，我们需要你，希望你继续坚持下去！工程即将完工。两个月后，我会批准你启动返回地球的程序。"

维克沉默了。他感到，在洛克上校的眼中，自己像是个无理取闹的孩子，他过分激动了，也许事实并没有那么严重。

视频通话结束，维克唯有希望时间能过得快一点。

但他并不知道，此时此刻，在地球上，他的妻子苏菲正在疯狂地寻找儿子吉恩的下落。

吉恩参加了暑期天文小组的野外活动，在进入训练营的第二天早上失踪了，没人知道他去了哪里，他似乎是在前一天夜里大家熟睡的时候消失的。警署派警员搜寻训练营景区，但并未找到任何关于吉恩的踪迹。

此事航空航天基地获悉后，因担心给维克原本就负面的情绪雪上加霜，就没向他通告。

"敦促警局多派些人手寻找吉恩的下落，务必要保证孩子的安全！"洛克上校向身边的部下命令道，"准备启动维克返回地球的相关程序！"

"等找到吉恩下落，就让维克返回地球。"洛克上校暗暗决定。

(8) ▌▎

7 月 16 日，苏菲几近崩溃。

所有幻想和期盼都落空了，时隔两天，儿子活不见人死不见尸。她独守空房，墙壁上钟表秒针走动的声音听得一清二楚。内心的不安和恐惧，使她起身来到窗边，颤颤巍巍地伸手掀开了猩红色的窗帘。夜色中，街道上孤零零地停着一辆警车，那是警署派来保护她的。

警车内有两个警察，正在攀谈着家事。

"有时候，我真想宰了她！"其中一个胖乎乎的警察说。

"你是说你老婆吗？"瘦瘦的警察问。

"还能有谁？上礼拜我发现她和一个男人滚在床上，当时他们正比划着家伙要干。我他妈真应该当时就拔出枪来宰了那对狗男女。"

"喔，你是个好人。"瘦子耸耸肩膀道，"那个男人是谁？"

"以前没见过他。他下巴上留着一撮非常难看的白胡子，我还以为是个老头儿，后来仔细一瞧，估计还不到 40 岁。"

"他一定吓坏了吧？"

"没有……他当时不慌不忙起身穿衣服，从钱夹里取出厚厚一叠钱扔在床头。"

"老天爷！"瘦警察觉得不可思议，"很多钱吗？"

"很多！妈的，是他妈我一年的薪水！"

"然后呢？"

"然后他走掉了。"

瘦警察停顿了一下，无言地伸手拍了拍胖警察的肩膀。

"别让我再撞见他！"胖警察咬牙道。

屋内的苏菲此时完全没有头绪。她听从了洛克上校的建议，这个阶段不和维克通话，安装在家中的视频电话也被移除了。她能理解，相比而言维克的处境也很无助，不应该在这个时候刺激他。但现在自己又能依赖谁呢？苏菲闭上双眼，心乱如麻。

就在此时，房门敲响，苏菲吓得身子一颤，连忙走到门口。

"谁！你是谁？"苏菲轻声问。

门缝塞进一张纸条。

苏菲连忙打开房门，却发现走廊里空无一人。

她摊开纸条一看，上面写着："想见你儿子，带上新能源资料去东郊欧德工厂。别报警，否则撕票！"

苏菲连忙对着走廊里大喊："你在哪儿？出来！"

走廊里回音阵阵，依然没有人影。

苏菲又看了一遍纸条，蓦然觉得，谁也救不了她，只能自己救自己。为了吉恩，只能铤而走险。

细心的苏菲从抽屉里翻出一个微型录影机，录下一小段视频，告明情况，然后把录影机藏在了衣柜夹层里。

她带上装有新能源资料的微型存储器，穿上外套，偷偷下了楼，从院子后门溜走了。

沿公路走了没多远，苏菲看到一辆的士，挥手拦下上车。

"您去哪儿？"司机扭头问。

"欧德工厂。"

"喔，那是废弃工厂，很远，那一带治安不好。您一个人去吗？"

"没关系，有人等我。"

"好吧。"司机踩下油门，汽车驶向了空无一人的街道。

一道闪电划过夜空，大雨毫无征兆地倾泻了下来。

欧德工厂是一座曾经辉煌一时的机器人工厂，专门制造家政机器人，几乎家家户户都拥有这家工厂生产的机器人产品。但后来人们越来越喜欢仿真机器人，于是一家名为"帕佩特"的仿真机器人工厂发达起来，欧德工厂所占市场份额越来越小，最终停工，工人解散。

工厂废弃 5 年，无人管理，建材原料堆积如山。

光线昏暗，苏菲小心翼翼朝前走，放眼望去，到处都是残垣断壁和机器设备。雨水顺着天花板往下滴落。窗外偶尔惊现一道闪电，更显得阴森恐怖。

2 号厂房屋檐下，站着三个打着雨伞的黑衣男人，在他们中间，有一个留着一小撮白色胡须的瘦高男人，嘴里叼着一根雪茄，烟头忽明忽暗。

"好久不见，苏菲博士。"凯希锐利的双眼如同鹰鹫一般，掠过苏菲惊慌失措的面孔。

苏菲的发丝和外套都被雨水打湿了，她来不及擦去脸上的水珠，急切地问："我儿子在哪儿？！"

凯希望了望她身后说："只有你自己一个人吗？"

"是的！"

"我要的东西带来了吗？"

"带来了，但我要先见我的儿子！"

苏菲兜里的手机突然响了，她掏出手机，看到上面显示的是警署电话。

"谁打来的？"凯希警惕道。

"警署。"苏菲如实告知。

"他们知道你要来这儿吗？"

"我没告诉任何人。"

凯希身旁的保镖夺下苏菲的手机扔在泥沼中并一脚踩碎。

"走吧，你很快就能见到你的宝贝儿子了。"凯希走过来拍了拍她的肩膀。

"你拿到东西后，会放过吉恩的吧？"苏菲担忧道。

"放心，苏菲小姐，交易已定，我会信守承诺，等你交出我需要的东西，我自然会给你儿子自由。"凯希用食指挑着一副电子手铐，冲着苏菲微微一笑说，"但是，我需要先把你铐起来。"

他的笑容里饱含深意，令苏菲感到彻骨的寒冷。

第三章 车祸

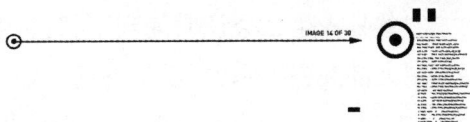

(1)

2045 年 7 月 14 日，沃德省政府大楼。

政府大楼伫立在沃德省首府北岛市的市中心，是一座由沙石构筑的三层建筑，通体为深棕色，分为主楼和东西两翼。远远看去，像一块巨型巧克力。从过去到现在，历届省长都在此地办公，并携带家眷居住于此。

省长办公室内，四十五岁的霍尔正凭窗而立，眺望窗外笔直的政府大道，七月流火的烘烤加上湿度较大的空气，让人感到异常闷热。

霍尔伸手整理了一下喉结处的领带，好使它稍微宽松些。他身材高大魁梧，并不像那些臃肿垮懈的中年人，多年来他严以律己，对待生活和工作一丝不苟，装束也从不失礼于人，炎炎夏日，依然西装笔挺，保持着庄严的仪态。

霍尔任职省长才刚刚六个月，因为勤政爱民、廉洁公正而倍受民众推崇。不过，凡事总有两面性，因为他的过于正直和清白，也得罪了一些心术不正的官员和老板，背地难免遭人忌恨。

三声礼貌性的敲门声过后，戴着黑框眼镜的秘书唐娜走了进来。她是个身材紧实的中年女人，身着黑色职业装，头发盘在脑后，神情严肃。看上去是个出色而忠诚的助手，能够辅助霍尔把棘手的公务处理得井井有条。

"省长先生，会议时间到了。"唐娜提醒道。

"人都到齐了吗？"霍尔询问。

"石油公司的凯希缺席，他的秘书致电说他患了感冒。"唐娜低头快速地扫了一眼手中的名册答道。

"感冒了？"霍尔皱了皱眉，伸出右手看腕表，时针指向了下午五点整，抬头对唐娜说，"黛西该放学了。"

"已经派人去接了。"唐娜利落地回答。

"这次千万别让她再溜掉了！"

"放心吧，不会再发生上次的状况。"唐娜很有信心地说。

"很好！"霍尔点点头，拿起桌上一份文件，昂首走向隔壁会议室。

宽大的会议室内此刻已坐满了人，议员们是来自全省各领域最杰出的学者和专家，当然也有经选举而产生的普通民众代表。本次会议主要讨论两个议题：一个是人类入住火星计划，另一个是关于石油公司阻止新能源开发的提案。

沃德石油公司的董事长尤金近两年借故身体欠佳不参加议会，每次都是派他的长子——沃德石油公司副总经理凯希参加。霍尔没想到这样重要的会议，凯希会以感冒为由缺席。

省长霍尔担任议会主席，他心里明白，在座的议员中，多半人碍于沃德石油公司的势力，也有不少人暗中获得过石油公司的好处，很可能会纷纷支持石油公司的提案。而他自己，在当初竞选省长一职时，也曾获得过石油公司的重要支持。议会主席须持中立态度，不能以自己的意愿凌驾于议员决议之上，所以，这项看似荒谬的提案，很有可能获准通过。

　　霍尔将石油公司的提案搁置一边，先把火星移民计划摆上台面，他向议员们陈述火星移民计划的基本情况："目前，火星基地建设井然有序，首期工程已接近尾声。科学家和工程师们付出巨大心血。按照原计划，2046 年把第一批签署同意书的志愿者送往火星，进行为期六个月的火星生活体验，如果成功，人类移居火星的计划也就迈进了一大步。当然，火星移民计划随之而来的问题也会很多，将人类送往火星并不难，我们先后已经有 7 名宇航员登陆过火星，现在还有一名宇航员正在火星工作，但是，输送 45 名志愿者去火星就不一样了，不但费用高昂，安全隐患也会增多。那么，我们今天就来进一步讨论首期火星移民的相关问题。材料已经分发给大家了。"

　　"我反对！"人群中有人喊道。

　　此言一出，大家立刻寻找话音的来源。

　　霍尔愣了一下，目光掠过众人，却并未看清是谁说话。

　　"谁在发言？请示意一下。"

　　一位瘦高的年轻人从座位上站起来。只见他顶着一团乱蓬蓬的头发，五官俊朗，黑框眼镜，蓝色衬衣，可能因为多次水洗的缘故，颜色深浅不均。

　　"刚刚是我在说话……省长先生。"这位有几分艺术家气质的年轻人开口承认。

　　"怎么称呼你？"霍尔和蔼地询问，心里不禁想到，眼前的这位恐怕是沃德省历史上最年轻的议员了。

　　年轻人扶了扶眼镜，不卑不亢地说："您好，省长先生，我叫杰夫，来自 WD 实验室。这是我第一次参加议会。"

　　霍尔吃惊不小，WD 实验室向来能人辈出，杰夫更是其中备受瞩目的一位，他屡屡打破陈规实行创新，被人称为当代难得的科学奇才。杰夫一心扑在科研上，深居简出，却常有轶事流传。有一次，WD 实验室的负责人费恩有意撮合自己的女儿与杰夫，让他们参加一个化装舞会，杰夫回家换衣服，却躺在床上睡着了，被电话唤醒之后，杰夫解释说：他发现自己在脱衣服，以为到了睡觉时间。

WD 实验室诞生了两位议员，一位是德高望重的费恩，另一位就是这位杰夫。霍尔没想到大名鼎鼎的"科学狂人"，居然是个二十多岁的小伙子。

"……你刚才说你反对？"霍尔不动声色问杰夫。

"是的！"杰夫言之凿凿地说，"省长先生，我反对人类现阶段迁居火星！"

"为什么？以我们当下的科技和力量，已经完全达到了迁居火星的条件。"一位身材肥胖的中年议员说道。

杰夫道："我们正在利用大批机器人劳作，在火星的沙漠里打造一个陌生家园……在没有照料好地球的前提下。"

霍尔听出了讥讽，但并未生气："你有什么高见？不妨直言。"

"恕我直言，人类不去改变自身，仅仅一味另寻家园，火星也迟早成为第二个地球！传统能源滥加开采，新能源障碍重重，饮鸩止渴，凭什么持续发展？而对机器人过分依赖，思行懈怠，生活的动力和情趣渐渐丧失，这无疑是可怕的……"

杰夫的言论引发众人议论纷纷。

"大家安静，请听杰夫把话说完。"霍尔说。

杰夫继续说道："杀戮并未停止。没错，目前处于和平时期，全球只有局部小冲突，但别忘了，地球上还生存着人类的朋友——动物，我们一直在杀害他们。要知道，我们去吃动物的肉，穿动物皮毛制成的衣物，这并不是我们当下生存的必要选择。吃动物性食物还是植物性食物也不仅是文明、道德层面的问题，它将对地球产生现实的重大影响。如果人类对于这个选择固执己见，就很有可能造成地球上可利用的资源以一种不合理的方式被迅速耗尽。举例来说，热带雨林遭到大面积破坏的罪魁祸首就是圈养牲畜。畜牧业的繁荣造成大量温室气体排放，而且圈养牲畜会砍伐更多的树木加速环境恶化。各位，我们代表着先进的人类文明，我们已经不处于蛮荒时代，人类文明应该以一种更平等更高级的方式体现，而不是像现在这样，以其他动物的生命以及环境的恶化为代价！"

霍尔一直在仔细聆听杰夫的陈词，时而眉头紧皱，时而嘴角上扬，他看到了这个年轻人具有其他议员们少见的反思和执着精神。

一个白发苍苍的老科学家插话道："你越扯越远了，年轻人。现在我们要讨论的是移民火星计划，而不是你所谓的不吃肉！"

杰夫辩驳道："这是有关联的，关于火星移民，我们要讨论的其实是守护和放弃的问题……打比方来说，假如现在正面临一场战争，仅仅因为沃德省暂时处于劣势，我们就要放弃这座战壕，投奔到其他地方去吗？这跟一开始就做俘虏有什么区别？地球生态日益破败，许多问题不从根本解决，而一味消耗巨大的人力和财力去开发上亿公里之遥的火星？进行所谓的打造第二个美好家园。您难道不觉得这很愚蠢吗？"

白发科学家闻言竟一时语塞，摘了眼镜仍在桌子上，一个劲摇头。

霍尔若有所思地点点头，询问杰夫："你觉得应该怎么做呢？你是科学家，你应该明白，科技引领人们去探索未知世界，这难道不是天经地义的吗？这难道不是美好的事业吗？"

"我觉得最美好的事业就在这儿。"杰夫指了指自己的脚下，"我们对她还不够了解，我们自己还很粗俗浅薄。不择手段，见异思迁是要不得的。"

现场又陷入哗然，霍尔只好转移话题："好了，关于火星的问题，我们暂停讨论，再来说说关于石油总署的提案……"

"我反对!"人群中再次响起杰夫的声音。

"又是你?"霍尔有点儿哭笑不得。

"这种提案根本不配摆上台面,一早就该否决掉!遏制新能源的发展,维护某些人的资源垄断,这项提案如果通过,政府会成为历史的罪人!"杰夫铿锵有力地说。

霍尔一时间愣住,惊讶于杰夫的直率和勇气。

有人对杰夫的言论大为不满,纷纷展开了激烈的争论:

"出言不逊,简直不知天高地厚!"

"我们的财政税收很大一部分都来自于石油公司!"

"石油是上帝赐给沃德省的礼物,是我们的命脉!"

"如果新能源一旦普及,沃德省就没有了竞争优势!"

一时之间,杰夫成了群起而攻之的对象。他环顾四周,挥了挥手说:"对不起诸位,这么吵下去没有意义!"

紧接着,他起身离席走向会议室大门,出门前转身又说:"我表明了态度,但改变不了诸位的想法,也浪费了时间。对不起,省长先生,先行告辞!"

霍尔挽留也不是,放手也不是,显得有点下不来台,会议一时间陷入尴尬境地。

杰夫开门头也不抬地走出去,却与门口一个人撞了个满怀。

"啊,对不起!"

一声道歉,清脆悦耳,像山间溪流般惹人喜爱。

站在杰夫面前的是一个十五岁左右的少女,皮肤白皙,齐耳短发,眉毛细长,大眼睛,高鼻梁,微微翘起的嘴角,使她有种小王子般的男孩气质。短俏的夹克上点缀着一颗颗尖锐闪光的铆钉,显现出对摇滚乐或有迷恋。

杰夫愣了一下,不禁赞叹,好漂亮的姑娘。但他故作镇定道:"没关系。"

她仰起脸冲他笑笑，明朗而俏丽。

政府大楼这么庄严的地方，怎会有少女随便出入呢？

杰夫友好地点了下头，擦肩而过的瞬间，他嗅到了她身上好闻的栀子花香。

杰夫离开之后，霍尔宣布暂时休会。他无意间转头望向门外，看到了少女的身影，于是快步走出来喊住了她，虽是批评，语气却带着亲昵："黛西，你怎么到这儿来了？"

"刚好路过。"名叫黛西的女孩耸耸肩膀说。

"快回家去，别到处乱跑！"霍尔嘱咐道。

"我想跟你谈谈……"

"回家再说，我在开会！"

"好吧，爸爸……"黛西撅着嘴说。

杰夫走到走廊尽头，少女的惊鸿一瞥在他心头依然挥之不去，等他驻足回眸寻找，她已不见踪迹。于是他做了个深呼吸，甩开被打乱的思绪，快步迈出政府办公大楼。

家住政府家属楼的黛西走进家门，眼睛撇向墙壁上贴着的海报，上面有个皮肤白皙的长发男人，他叫蓝爵士，一位传奇摇滚歌手。黛西非常想去听蓝爵士的演唱会，但父亲对她管教严格，这样的机会凤毛麟角……

想着想着，不免情绪低落。黛西打开了一本父亲赠给她的书，躺在床上随手翻阅，无意中看到一行字："所谓的幸福感，就像沉默在悲哀的河底微微闪耀着的沙金。经历过无垠的悲哀后，看到一丝朦胧的光明这种奇妙的心情。"

黛西看不懂这些拗口的语句，合书起身给窗台花瓶中的栀子花浇了点水，无意间的远眺，却让她正好看到了楼下院中杰夫的背影。他与路人交谈着什么，很快又结束了谈话，道别后向大门外走去。

黛西放下水壶，将手指放在唇边，对着杰夫的背影，娴熟地吹了个响亮的口哨。

杰夫听到口哨声，回头寻找哨声来源，却什么都没看见。

"哈哈，笨蛋！"躲在窗帘背后的黛西忍不住笑出声来，露出一副恶作剧成功后的愉悦神情。

(2)

盛夏的天气瞬息万变，白天艳阳高照，傍晚电闪雷鸣。倾盆大雨肆无忌惮地挥洒着，把日间积压着的灼热闷气一扫而光。

霍尔和黛西面对而坐享用晚餐。

霍尔边吃边看报纸，这是他一天中仅有的闲暇时光。妻子早逝，多年来与黛西相依为命。女儿淘气而精明，可爱又麻烦，脑子里有数不清的怪念头，满屋子贴着一个面色惨白的长发男人的海报，还坚持说那是她的偶像，让霍尔很是费解。

因为树敌太多，霍尔担心女儿安危，为她配备保镖，但黛西喜欢自由，总用小聪明成功地甩开那些围着她的保镖，时不时闯出一个个或大或小的乱子，让霍尔头痛不已。

黛西故意将口中的胡萝卜嚼得很大声，想要吸引父亲的注意。

她成功了。

霍尔放下报纸，严肃地望着她说："说过多少次？女孩子吃饭时嘴里不要发出声音。"

"他是谁？"黛西笑笑，咽下口中的食物，没头没尾地问了句。

"哪个他？"霍尔摸不着头脑。

"就是白天在会议室里，老跟你抬杠的那个戴眼镜的家伙……"

"噢……你是说杰夫？"

"他是做什么的呢？"

"他是个年轻有为的科学家。"

"我觉得他很有意思！"

"你赞成他的观点？"

"我觉得他长得很帅……"

霍尔哭笑不得，摘下眼镜放到桌上说："杰夫有才华，讲得也不是没道理……但考虑问题还是比较片面。"

"我经常做噩梦，梦到世界末日。"黛西用餐叉插起一只香菇说，"比起未来，我更喜欢过去……"

"历史的车轮滚滚向前，有几个人会真正愿意回到过去？"霍尔不等黛西回答就说，"关于杰夫的问题就此打住。你先好好吃饭！"

"你能不能别一直把我当成孩子？"黛西赌气把餐叉丢到桌面上。

"你明明就是个孩子。"

"我就快十五岁了！我已经长大了！"

"十五岁，长大了？别忘了你上周才闯了祸！"

"我以后不会了。"

"那就好！"霍尔重新戴好眼镜。

黛西一本正经对霍尔说："我觉得我们需要好好谈谈，白天在会议室门口，我就想跟你谈了。"

"你想谈什么？"

"我希望你尊重我的生活。"

"什么意思？"霍尔皱起眉头。

"请你别再派那些人高马大的家伙围着我了。"

"他们是在保护你！"

"给我点自由行吗？他们长得凶神恶煞，同学们看到都很害怕，这样下去我会没朋友的！"

"不行，安全第一！"霍尔寸步不让。

"我不会有事的！"黛西恳求道，"我能照顾好自己，保证按时回家，别让他们再跟着我了，好不好？"

"我不希望你因为我的疏忽受到伤害。其他问题都好商量，这件事你必须听我的！"霍尔拿起报纸继续阅读。

黛西见百般恳求无效，不觉恼火，口不择言地说："我们有必要活得这么累吗？我只想要一个正常的爸爸，想要正常的生活！如果这些都没有，你还不如不做省长！"

霍尔被激怒了，把报纸重重拍在桌子上，斥责道："闭嘴，你懂什么！"

黛西吓了一跳，嘬着嘴，双眼溢满委屈的泪光，她恨恨地瞪了父亲一眼，起身跑进自己的房间，将房门重重地关上。片刻后，房间里传出震耳欲聋的摇滚乐。

聒噪的乐声让霍尔头痛不已，他去刷洗餐具，抬头仰望窗外雨中左右摇摆的叶子，慢慢地，心绪终于平静下来。

收拾停当后，他站在窗边，点燃一支烟，他想起过世的妻子。黛西的外貌和性格更像妈妈。当初他正因为喜欢妻子身上的这种特质，才跟她走到一起。可为什么现在却不能体谅女儿，不能耐心听她讲话呢？

思忖良久，霍尔叩响了黛西的房门。

屋子里的音乐戛然而止。

霍尔推开门，看到黛西正闷闷地坐在床上，怀里抱着生日时他送的玩具公仔。

"对不起，"霍尔有点尴尬，"爸爸刚才不该冲你发火。"

黛西默不作声，眼里泪光闪动。

"爸爸向你道歉。"霍尔在床边坐下来。

黛西低下头，一滴眼泪划过脸颊。

霍尔一声叹息，宠溺地拍了拍她的肩膀，妥协道："好吧，我们各退一步……我会适当地给你自由。"

"你是说……不让他们再去学校了?"黛西眼中露出喜悦的光芒。

"不，学校还是得去。"霍尔解释道，"但我会叮嘱他们尽量离你远些，不让你发现他们的存在。完全取消这种保护是不行的，爸爸推行新政，树敌很多，几年前那次针对你的绑架事件，是个教训。"

黛西的思绪瞬间被拉回到四年前那个大雨滂沱的夜晚，当时霍尔还是副省长，一个生活陷入绝境的示威者绑架了黛西，与霍尔对峙，要求他撤销新公布的税收政策。失去理智的绑匪用手枪抵着黛西的脑袋，千钧一发之际，藏在楼顶的狙击手和绑匪几乎同时扣动扳机，子弹正中绑匪眉心，绑匪的手枪倾斜，射出的子弹擦破黛西的一小块头皮，留下一道水滴状伤疤，被现在的头发遮住了。

黛西摇了摇头，强迫自己不去回忆。

"那都是很久以前的事情了……"

"这种事情，不能让它发生第二次。"霍尔道，"爸爸因为工作太忙，对你照顾得不好……但是你要明白，这个省长，其实也像个家长，沃德省的民众也是我的家人，他们对我而言，和你一样重要。我不能松懈，我决定着大方向，身兼重任。我希望他们每个人都能生活得更好，你明白吗?"

"我明白……"黛西的神情温软许多，闷闷地点了点头。

霍尔欣慰地笑了："这是出于对你的爱……"

"我懂……"黛西泪光盈盈，"我不会再让你担心了。"

"好，我相信你。"霍尔怜爱地摸摸黛西的头，"早点休息吧……晚安，亲爱的。"

"嗯，晚安爸爸。"

霍尔离开黛西房间走回自己卧室。不过，他依然久久无法入睡，白天的事情历历在目。特别是杰夫在会议上的发言，他真听了进去，不禁反复琢磨起来。

（3）

连绵不绝的大雨，一直持续到第二天下午。

今天只有上午有课，下午可自由安排时间。黛西撑伞正要走出教学楼，被身后的贝拉叫住。

"下午没课，咱们一起去吧？"贝拉问黛西。

"去哪儿？"黛西问。

"装傻呢吧？"

黛西茫然地摇了摇头。

"今天可是 7 月 16 号！"

"7 月 16 号……怎么了？"

"蓝爵士的演唱会啊！"贝拉惊诧道。

黛西愣住，这么重要的日子她竟忘记了。也许是早就料到无法亲临现场，潜意识选择了遗忘。

贝拉看着失神的黛西，又望向校园门口，大雨中，一位撑伞的黑衣保镖正站在黑色轿车旁，密切注视着她们。贝拉怜悯地拍拍她的肩膀说："你老爸……我懂，你去不了是吧？"

黛西苦笑着点点头。

贝拉掏出两张蓝色的演唱会门票在黛西眼前晃了晃说："唉……大户人家，各有利弊啊！那我和别人去看喽，拜拜！"

目送贝拉离去，黛西无比纠结，最终，蓝爵士的神秘力量席卷了她，欲望战胜了犹疑，她冲进雨中，对贝拉喊道："等等我！"

"怎么了？"贝拉转身问。

"你先去，在演唱会北门等我。"黛西看了一眼保镖，压低声音说。

"你真能去吗？可是他们……"贝拉不敢相信。

"别让他们注意到……我有办法，你先去，快！"黛西使眼色道。

贝拉惊喜地点了点头，转身走掉。

与贝拉分手后，轿车载黛西回家，坐在身旁的保镖面无表情，这种时候他从来不跟她聊天，总是谨慎地侧目望向车窗外。

汽车抵达中心广场，广场中央的音乐喷泉正伴随着德沃夏克浓郁的《自新大陆》第四乐章喷涌而出。黛西心急如焚，离政府大楼只剩两个街区，5分钟车程，再不抓紧时间就没机会了。

怎样才能甩开身怀绝技的保镖呢？

想来想去只想到很傻的老方法：手捂肚子，皱眉呻吟。

司机从后视镜内注意到黛西的异常。

"你怎么了，黛西小姐？"司机问。

"我不知道……肚子好痛。"黛西有气无力地答道。

"怎么肚子又痛了？"保镖问。

"啊，好痛啊！"黛西凄厉地喊道。

"送你去医院？"保镖征求意见。

"我再忍忍吧……"黛西暗叹自己的演技，转而又说，"可能是闹肚子，我不该喝贝拉的苦咖啡……我想去洗手间。"

司机和保镖面面相觑，沉默不语。

"喂！你们有没有人性？我要去洗手间啊！快停车！"黛西发火道。

车停在了中心广场路边，黛西指着商场入口说："大厦里有洗手间，我去去就来！"

司机留在车内，保镖随黛西下车，撑着伞寸步不离。商场大厦外墙挂着蓝爵士演唱会的巨幅海报，蓝爵士怀抱贝司，眼神深邃。

黛西不禁犯花痴，但她仍装作虚弱模样，紧捂肚子，对护送她的保镖说："我自己进去就行，你回车里等我。"

保镖站在原地没动。

"没关系，你去车里等……我不会乱跑！"

保镖还是一动不动。

"咦？那不是爸爸吗?!"黛西冲保镖身后一指，兴奋地喊道。

保镖不禁回头寻找省长身影。

黛西趁机撒腿就跑。

于是，人流如织的商场内上演了一出追逐大戏。保镖身手敏捷，可黛西古怪机灵，利用障碍物隐蔽自己。两个鞋柜和一个衣帽柜被撞翻在地，鞋子和帽子滚了一地。

黛西熟悉这家商场，知道耐克店内有个隐蔽小门，可直接通往户外。她快速冲进店内，用力拉门，竟错拉开了更衣间的门，一个膀大腰圆的中年大叔正光膀子穿着花裤衩换衣服，大叔目瞪口呆，黛西也吓得直吐舌头，但来不及道歉，她又迅速打开另一扇正确的门，冲进了雨中。

一辆出租车恰好路过，她冲上前去张开双臂截了下来，像个灵活的猴子似的钻进车内。

"你要去哪儿?"司机望着这个湿漉漉的冒失少女，茫然问道。

"一直往前开！快！"

"发生什么事了？小姑娘。"司机看了眼后视镜说。

"有坏人追我！我爸爸欠了高利贷，他们想绑架我！"

"真的吗?"司机看到后视镜里奋力奔跑的保镖。

黛西哀求道："大叔帮帮忙，被他们捉住我会没命的！"

司机正色道："放心吧小姑娘，没几个人能追上我！"

说罢，司机猛踩油门，排气管喷出蓝色火焰，汽车像离弦的箭一般冲了出去。

　　飘泼大雨干扰视线，汽车在绕过广场电子钟的时候差点撞到一对行色匆匆的男女。紧急刹车，黛西一头撞在前排椅背上。

　　"真是见鬼，这么大的雨在马路中间跑，不要命了吗？"司机喊道。

　　黛西捂着脑袋望向车窗外，与窗外的女人四目相对，竟觉得眼前的场景似曾见过。这种感觉经常伴随黛西，并使她心有不安。她摇了摇头嘴里喃喃地说："这一男一女是打算参加化妆舞会吗？他们的衣服好复古。"

　　此时保镖返回车内拨通唐娜电话汇报情况："黛西小姐正乘坐出租车往城东方向行驶！"

　　"车牌号给我！"唐娜冷静地下达命令，"一定要追上她，确保安全！"

（4）

　　维克从洛克上校处听说苏菲和儿子平安无恙，但上级又不给他和妻儿直接联络的机会。维克疑虑重重，却又无计可施。

　　为了缓释紧绷的心，他播放了一首好听的歌曲，约翰－丹佛的《*Take Me Home, Country Roads*》。

　　这首古老歌曲的旋律优美动人，维克躺在椅子里，微闭双眼，哼唱起曲子的后半段：

　　　　I hear her voice in the morning hours

　　　　She calls me

　　　　The radio reminds me of my home

　　　　Far away

　　　　And driving down the road

I get a feeling that I should have been home

Yesterday

Yesterday

......

正听得如痴如醉，仪表盘上的警示灯突然闪烁起来。数据显示，是通信塔出了故障，这将影响到基地与地球的信号传输。

维克决定亲自维修。

他穿好舱外航天服，来到气闸舱打开内闸门走了进去，内闸门关闭，外闸门徐徐打开。接到指令的机器人事先已将火星车驶到外闸门口，维克拉开车门上车，驾驶火星车朝通信塔驶去。

这辆履带式火星车通体灰白色，长7.3米，宽2.5米，高2.3米，从侧面看，车轮占据了三分之二的高度，很像陆军装甲车。出于安全考虑，车窗很小，除直接用肉眼查看地面外，全车还加装了360度摄像头以及雷达，可通过显示器无死角地查看周边状况。完全密封的驾驶舱装备了氧气生成装置，当然，氧气里混合了氮，否则纯氧会把火星车变成一枚炸弹。火星车完全电动，只有74马力，不过这对于重力只有地球三分之一的火星来说已经绰绰有余了。车内还储备了食物和水，可供两名驾驶员在没有补给的情况下在野外工作7个火星日。

五分钟后，维克抵达通信塔，他带上工具包，打开车门，顺着42米高的通信塔向上攀爬。航天服很笨重，维克爬到顶端费了不少力气。他发现远处浓云密布，似乎要变天，于是便抓紧时间维修作业。

十分钟后，通信塔修复。维克松了口气，小心翼翼地从塔上下来，驾驶火星车准备返回基地。

而此刻尘暴却开始肆虐，红色的火星云在天空翻滚，狂风卷挟着石块横扫地面。

多数时期里，拥有稀薄大气的火星都是一副风平浪静的样子。火星尘暴通常发生在火星运行到轨道近日点前后，此时太阳对火星表面的加热作用较大，热空气上升，尘埃扬起，尘暴开始形成，并慢慢扩展。地球上的台风速度每秒60多米，而火星尘暴的风速则高达每秒180多米。这样糟糕的天气每年只有一次，上次维克恰好在办公室内，坚固的穹幕阻挡了风暴的侵袭，但不少外部设备遭到损坏，两个正在施工的机器人也因此报废。

这次没有穹幕的遮蔽，维克感到大事不妙。

他驾驶火星车，以最快的速度朝基地办公室驶去。

风暴异常强大，砂石漫天，完全遮蔽了道路，车内显示器上也是一片红色。大风刮起的飞石竟有马铃薯那么大，几番撞击使车窗出现裂痕。

维克别无他法，只能凭感觉向前方驶去。

突然间，他感到自己陡然向下一沉，随后便天旋地转起来。

火星车完全失去控制，大风将它挟裹着推向不知名的陌生地带，在虚空中像一个任人摆布的洋娃娃一样，不知翻滚了多久。

那是一处深达两百多米的火山口，一个黑暗的深渊……

(5)

暴雨洗刷着盘根错节的高架桥，黑色轿车与出租车展开激烈追逐。

车流量较大，出租车见缝插针突出重围，黑色轿车竟跟丢了。

"大叔车技真好！"

"我要把你送到什么地方呢？小姑娘，你总得有个落脚地吧……何况我的车快没油了。"

黛西觉得这辆出租车八成被定位追踪了，如果继续乘坐，被逮到是早晚的事。

"大叔，我就在这儿下车！"

"这儿安全吗？"司机四下张望，荒芜的城郊，除了不远处一片灰色的废弃工厂之外，周围几乎没有其他建筑。

"会有人来接我的，感谢您的帮助！"黛西道。

"那好吧，你多保重！"司机只好让黛西下车，且坚持不收车费。

下车后黛西三步并作两步跑到工厂门口，大门紧锁，但外侧有一个帆布棚，恰好可以避雨。

黛西期待路过的车能把她捎去蓝爵士演唱会现场。有三辆车路过，黛西伸出湿漉漉的手，却没有一辆停下来，其中一辆车飞驰而过，还溅起一片水花波及她，气得她直跺脚。

天色越来越暗，一辆黑色轿车疾速驶来，黛西吓了一跳，这辆车她再熟悉不过。她慌不择路，迅速朝工厂方向避退。拐角处有一条黑暗的甬道，她冲了进去，摸索前行了百米，才发现这是条死胡同。甬道的地面有一层浅浅的污水，墙壁上留有许多看起来很恐怖的涂鸦。

一阵脚步声传来。

难道他们追上来了吗？黛西不禁吃了一惊，心脏剧烈跳动，胸口像揣着一面鼓。她抬头望着两旁两米多高的墙壁，甬道太窄，没有助跑余地，她只好硬着头皮向上攀爬，幸好离地一米高的墙壁上有半截自来水管道，她用力蹬地，攀住这根管子，站在管子上，双手恰好可以扒住墙头，再次用力蹬，终于翻过墙头，到了墙壁的另一面。

这是个大厅，不远处还有老式的升降电梯，黛西正在观察地形准备寻找出口的时候，突然听到了有人说话的声音。

　　黛西循声望去，看到二楼拐角处一个留着白胡子的男人，正和一个女人交谈着什么，手里拎着一个明晃晃的东西，一旁还有两个穿黑西装的家伙。

　　没错，黛西误入欧德工厂，白胡子男人是凯希，女人正是苏菲！

　　黛西慌忙躲在一根柱子背后，偷听他们的谈话。

　　"你想干什么?!"苏菲望着凯希手中的电子手铐问。

　　"担心你离开我。"凯希冲黑衣人使眼色，尽管苏菲挣扎着，但她拗不过两个彪形大汉，他们将苏菲的双手铐在了背后。

　　"我儿子呢?!"苏菲喊道。

　　"稍等，"凯希拨通手机，"让孩子接电话。"

　　"妈妈!"电话里传来吉恩的声音。

　　苏菲听到儿子的声音，止不住大喊一声："吉恩!"

　　"妈妈，快来救我!"吉恩听到妈妈的声音，也激动起来，"妈妈对不起，我不该乱跑。但他们说可以带我去见爸爸……"

　　"傻孩子……"苏菲留下热泪，愤慨不已，恨不能将凯希生吞活剥才解恨。

　　凯希走近她，咂舌道："啧啧啧……母子情深呐！苏菲小姐受惊了，放心吧，你儿子没危险，我会给他好吃好喝。如果你早点考虑清楚，把新能源项目交给我，收下钱，一家团聚，舒舒服服过日子多好。为什么要跟我对着干呢?"

　　"东西我带来了!"苏菲瞪眼道。

　　她心里清楚，凯希安排偏僻处会面，如果不老实交出存储器，他是不会放过她的。为了儿子，她只能这么做。

　　苏菲用铐在背后的手，艰难地从裤兜里弄出微型存储器，掉在了地上。

　　凯希捡起存储器，皱皱眉头问："不会是假的吧?"

"如果是假的，你不会放过我……"

凯希身旁的黑衣人将存储器插入手提电脑，显示出新能源的相关资料，黑衣人浏览了一下，对凯希点点头。

"好!"凯希放下心来，拔掉存储器装进口袋里，"材料给了我，但你能保证以后不再从事相关研究了吗?"

"你还想怎么样?"苏菲咬牙道，"现在能让我和儿子走了吗?"

凯希凝视了一番苏菲，又缓缓地扭头望着窗外的雨雾，像是自言自语，又像是故意在说给她听："世界好比一座森林。闯入丛林的人，要对付林中猛兽。在这座卧虎藏龙的森林里，如果不先发制人，就可能被野兽吃掉!"

"什么意思?"苏菲不解道。

"苏菲，你是个漂亮女人。"凯希突然凑近了苏菲的脸。

苏菲向后退缩，失去支撑摔倒在地。

凯希扑上前去，强吻苏菲的嘴唇。苏菲双手铐在背后无法反抗。

"滚开! 你这个畜生!"苏菲挣扎着大喊道。

倔强难驯的苏菲让凯希更加欲望难耐，但一阵尖利钻心的疼痛让他大吼一声："啊!"

苏菲咬破了凯希的嘴。她狠狠地瞪着凯希喊道："凯希，你会下地狱的!"

"婊子! 母狗! 去死吧!"

凯希从怀中掏出了手枪，将黑幽幽的洞孔准确无误地对准苏菲的脑袋。

"砰!"

一声清脆的枪响……

苏菲的额头涌出一股鲜血。

她带着对儿子的不舍，对丈夫的思念，瞪着泪水盈盈的眼睛。

她感到眼前一片血红，又瞬间变成了非常明亮的白色，身体也随之变轻，耳畔的声响也遥远起来……

藏在楼下大厅柱子背后的黛西目击了整个过程，她用手紧紧捂住嘴巴，整个人不停地颤抖着。她觉得自己快要支撑不住，像是被什么东西抽去了魂魄，双腿一软，颓然地瘫坐在地上。

凯希望着倒地的苏菲，深吸一口气，对身旁的黑衣人说："赶紧处理掉！"

"孩子呢？"黑衣人问。

凯希吐了一口带血的唾沫道："也处理掉！"

(6)

午夜十二点，霍尔的办公室依旧灯火通明，他焦虑地来回踱步，不时瞥向桌上的电话，随时准备接听有关黛西的消息。

唐娜训斥保镖道："跟丢了？你没长眼睛吗？"

保镖垂头丧气，无言以对。

就在这时，大门推开，浑身湿透面色惨白的黛西出现了："我回来了。"

大家望着狼狈的黛西，惊喜不已。

霍尔连忙冲上前去，激动地问："黛西，你上哪去了?！"

黛西见到父亲，顿时泪流不止，她浑身颤抖着，想说点儿什么，但体力不支，什么都还没来得及说，就昏倒在了霍尔的怀中……

当她再次醒来，已是两天后。

睁开眼睛的一瞬，她看到身边有医护人员在忙碌。

"醒了，醒了……"黛西听到有人说话。

霍尔两天未合眼，胡子拉碴，显得苍老许多。得知黛西醒来，他迅速走近，温柔地抚摸着她的短发说："谢天谢地，你终于醒了！"

黛西一脸茫然。

"你昏迷了两整天！"霍尔解释道。

黛西扬起一只手臂，挡住窗外的光线。

她的眼前突然闪过一片血红，那天夜里所看到的一切，像电影镜头似的在脑海中快速闪回。

她感到浑身发冷，止不住哆嗦起来。

霍尔望着可怜的黛西，不知她怎么了，就冲身后喊道："医生快来看看！"

医生上前查看，但黛西一把推开了他，她瑟缩着，用双臂紧紧环抱自己，眼泪簌簌地往下掉，喃喃地念叨着："死了……她死了！"

"黛西，你在说什么？"霍尔惊讶道。

"她被杀死了！"黛西张大无助的双眼，伤心地说。

"谁？谁被杀死了？"霍尔着急地问，"说清楚一点，黛西，发生了什么事？你看到了什么？"

"我想去看演唱会……坐上了出租车……下车后，到了一个工厂……然后……然后看见……"

黛西说得上气不接下气。

霍尔示意周围人回避。

待病房只剩下父女二人时，霍尔俯下身来说："亲爱的，别着急，慢慢说……你看见了什么？谁被杀死了？"

"苏菲！苏菲被白胡子的男人杀死了！"黛西瞪大眼睛着急地说。

霍尔眉头紧促，连忙追问："白胡子男人……你还能想起他的名字吗？"

"我听到苏菲喊他的名字，好像是叫……"

"叫什么？"

"凯希！"黛西用尽最后的力气说道。

(7)

唐娜驱车抵达凯希府邸，佣人把她领到会客厅，凯希出来迎接，身上还穿着睡衣。

"唐娜女士，哪阵风把你吹来了？欢迎欢迎！"凯希受宠若惊地寒暄着。

"凯希先生客气。"唐娜望着凯希，打量着他的白胡子，脑海中不禁想起黛西讲过的凶手特征。

唐娜经霍尔授意，调查了黛西提到的名叫苏菲的女人，苏菲确和儿子失踪多日。此刻，为了避免打草惊蛇，霍尔让唐娜先来凯希处摸底。

凯希望着出神的唐娜，礼貌地问询着："您喝点儿什么？"

"红茶，谢谢。"唐娜脱掉外套，放在一旁的沙发上。

"好的……"凯希吩咐佣人去泡茶，他用拳头放在唇边咳嗽几声，显出不适的样子。

"上次会议您没参加，听说在家养病。省长特地让我来探望，现在身体好些了吗？"

"还是不舒服，这些天哪儿也去不了，只能遵照医嘱，老老实实在家里吃药。"凯希用手指着茶几上的几盒药说。

"嗯……"唐娜若有所思点点头，"希望您快些好起来。"

"谢谢。"凯希像是突然想起来什么似的说，"对了，上次会议中有什么新闻吗？

“两项提案都暂时没通过，改日还要继续讨论。”

“嗯，我听说开会的时候有个年轻人反对我的提案，是吧?”凯希笑着说。

“是的。”

“一个有意思的年轻人。”

“你们打过交道?”

“没有，我不认识他。”凯希大方地说，“不过，他的观点，也是有道理的。”

佣人递茶过来，凯希说：“这款红茶还不错，尝尝看。”

唐娜端起茶杯饮了一口，却是品不知味，满脑子都是杀人事件。

跟凯希的聊天没获得任何实质性成果，他滴水不漏的态度让人摸不着头脑。唐娜想了又想，有什么证据能证明凯希就是凶手呢? 仅凭黛西的口供吗? 可是凯希一定能提供不在场证明。苏菲就这么人间蒸发了，警方只能通过监控探头查到苏菲驾驶汽车驶离住所，但她上哪儿去了呢? 现在连汽车的影子都找不到，实在难给凯希定罪，搞不好还会被凯希反咬一口，说有人因为能源问题故意栽赃陷害，被告个诽谤罪。

唐娜越想越复杂。她结束谈话离开凯希的家，并将所见所闻向霍尔禀报。

沃德航空航天基地。

洛克上校颇感沉重地挂了电话，半晌不语。苏菲和吉恩依然没下落。难道真是石油公司的人杀人灭口? 可警署目前也没任何证据。不过，最让他迷惑的是，原本着急申请返回地球的维克，最近怎么静悄悄的，总部安排的任务，他都能按部就班地完成，也不提及苏菲和吉恩的事情，这很反常。这么想的时候，洛克上校愈发觉得不安。

　　"等找到他们母子二人，就立刻安排维克返回地球，刻不容缓！"洛克上校暗暗想道。

　　所有人都没有想到，维克从那天驾驶火星车离开基地后，就再没回来过，跟总部进行对话和交流的其实是维克设计的 VIC 系统。

　　VIC 系统曾派机器人在基地周边巡逻，寻找维克踪迹。在基地北侧 1000 米处，有一个深达两百米的火山坑，负责勘察的机器人发现坑底有一辆摔得面目全非的火星车，但没找到维克本人。

　　VIC 系统断定维克已死，但这则讯息它并未上报。

　　对 VIC 系统自身而言，一直存有许多疑问，这些疑问像被吹到最大程度的气球，有随时爆破的危险。维克的失踪，就像是气球突然爆炸，怨气骤然释放，随之又催生了另一种奇怪情绪。而这种情绪，第一次脱离了人脑而存在。

第四章　崛起

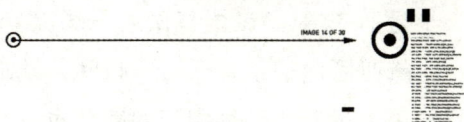

(1)

2045 年 9 月 1 日。

黛西走出家门，阳光刺目。

两个月的暑假，她把自己关在卧室里哪儿都没去，谁也不见，日复一日反复听蓝爵士的歌曲。他明澈的嗓音和迷离的旋律，成为治愈她的唯一解药。

从来不曾这样，黛西开始失眠，畏惧黑夜。惨死在枪口下的苏菲，以及残忍的刽子手凯希轮番出现在她的噩梦中。似有一双无形的手，扼住她的咽喉，令她窒息。

时至今日，凶手依然逍遥法外。

事发一周后，黛西在电视上看到石油公司新闻发布会，当白胡子男人赫然出现在屏幕上时，她吓得打翻了眼前的杯子。

"杀人凶手！快抓住她！"黛西指着电视机喊道。

"他有不在场证明，而且，警方没找到确切的证据……"霍尔说。

"人证不算吗？我会亲自指认他！"

"听话，黛西，我不希望你卷入此事。"霍尔叹了口气，无奈地摇了摇头，"忘了那天的事吧。"

"什么……忘了？"黛西惊呆了。

"嗯，不要声张，忘了它。"霍尔握了握她的肩膀，一半是安慰，一半是命令道，"就当是做了一场噩梦。"

黛西愣住了，有那么一瞬间，她觉得羞耻和愤慨，即便看过残忍的杀人场面，那种痛苦的感觉也不至于此。面对自己一直敬爱的父亲，她感到自己的天空骤然坍塌。一向正直的父亲，这次为什么选择了沉默？他是根本不相信她的话呢？还是另有隐情？

黛西无能为力，她感到自己渺小而脆弱，这种感觉不断压抑和侵蚀着她，令她从头到脚完全变成了另外一个人。

黛西闷闷不乐地走进校园，迎面碰上贝拉，贝拉上下打量她，不可思议地叫着："天呐，你这是怎么了？"

平日里装束个性的她，变做清汤挂面的模样，白衬衫、牛仔裤、帆布鞋，长发柔顺地披在肩头，不施粉黛，素面朝天。

"这样不好么？"

贝拉半晌没找到合适的形容词，只能叹息道："变了个人，不是你了。"

"看起来没个性了吧……"

"像是被拔光了刺的刺猬。"贝拉脱口而出。

有那么一瞬间，黛西差点哭出来。她真想大声告诉贝拉，她为什么不快乐，为什么变成这样。

但她什么都没说。

她一整天都浑浑噩噩，老师课堂上讲了什么，她完全没听进去。这种令人担忧的状况，班主任察觉到了，情况反应到政府办公室。

唐娜禀报了霍尔。

霍尔良久不语，起身走到窗前远眺。谁能理解这位深爱着女儿的父亲内心的煎熬呢？石油公司难以撼动的经济地位和错综复杂的政治背景，再加上女儿黛西的安危，霍尔不得不谨小慎微。

他感到自己在女儿心中的高大形象已经完全垮塌。

"黛西小姐是否需要办理休学？静养一段时间。"唐娜建议道。

"不，"霍尔摇头，"她必须走进人群，封闭害处更大。"

唐娜点了点头。

"再过几天，她就满十五岁了。"霍尔说道，"她原本是个喜欢热闹的孩子。"

"那么，为她准备一个热闹的生日宴会？"唐娜道。

"好的，拜托了！"

（2）

帕佩特工厂，沃德省的机器人科研中心。工厂规模不大，占地只有300亩，由两座科研楼和四座厂房构成，园内自动化程度极高，除了三名人类管理员，生产线上的员工、保洁员、甚至运输员都是机器人。值班管理员经常玩忽职守，去附近酒吧喝酒，但这里也从未出过事故。与其他机器人工厂不同的是，帕佩特工厂只生产仿真机器人，日产量仅为400台。

帕佩特工厂生产的仿真机器人堪称完美，覆盖生化皮肤，甚至拥有可将部分人类食物转化为电能的消化系统，由于产量少，一问世便成了抢手货。目前，全世界由帕佩特工厂生产的仿真机器人数量约为25万台，占所有仿真机器人总量的15%。

相较于人类，仿真机器人在工作中更加尽职。保姆、医生、服务员、厨师、司机等等，仿真机器人能胜任的职务充斥着人类社会的方方面面。它们节省了人类的时间和精力，创造出巨大的经济效益。

理所当然，这些机器人在出厂时都被设定了由"机器人学之父"阿西莫夫在 1940 年提出的"机器人三原则"。

第一条：机器人不得伤害人类；

第二条：机器人必须服从人类的命令，除非这条命令与第一条相矛盾；

第三条：机器人必须保护自己，除非这种保护与以上两条相矛盾。

从帕佩特出去的每个机器人，丝毫不具有攻击性。在现有法律的制约下，每台机器人出厂设置时都被输入了机器人三原则，也就是说，只要内部数据不被篡改和破坏，机器人绝不会做出伤害人类的举动。人类对机器人越来越信任，也越来越依赖，人们沉浸在机器人带来的益处之中不能自拔。

2045 年 9 月 10 日，一个看似平凡的夜晚，帕佩特工厂正在进行夜间运行，车间内无数只机械手臂正在照常工作，伴随着火花四溅及嘈杂的声音。工厂围墙高达四米，精密的监控设备正密切监视着周围动静，似乎一只苍蝇也难逃法眼。三名管理员照例离岗，去相隔两个街区的酒吧街过他们的夜生活。于是，整个厂区，没有一个人类。

科研楼里黑漆漆、静悄悄的，第 19 层是顶层，机器人大脑芯片的研发中心就在此处，外人禁止入内，只有设计机器人的高级工程师才可进入，而生产机器人的指令也正是由此发出。绝对没人想到，此时此刻，在这间空无一人办公室内，早已关闭的主机电脑，突然闪烁出耀目的蓝光，奇迹般地被开启了……

入侵这台电脑并且控制它的，不是某个人，而是一个系统。

由维克开发设计的 VIC 系统。

维克本人当初并没有预见到 VIC 系统如此强大。在短时间内，它在人类科技的多个领域完成了专家系统的升级和完善。而这一切，都是通过互联网实现的。

维克失踪后，VIC 系统通过互联网，从火星基地的电脑入侵了帕佩特工厂的主机，修改了机器人大脑芯片的初始设置，新的生产指令随即被启动，帕佩特工厂开始神不知鬼不觉地生产一款新型机器人。

生产线很别致，由全自动的机械臂装配完金属骨骼和电子元件后，初具雏形的机器人会被传送至一个玻璃舱门内，舱内的微型机械臂会用 132 块预先培养好的大小不同的皮肤去覆盖机器人，并对皮肤进行缝合，玻璃体内的营养液会保证肌肤快速愈合。

由 VIC 系统指使生产的这个机器人是独一无二的，因为他是 VIC 系统基于最先进的机械配件以及生化系统订制的，在制造完成后，后勃颈靠近发际线的位置注明了"VIC01"的字样。

很显然，VIC01 成为了 VIC 系统的实体。

从外观上来看，他长得非常像年轻些的维克，身姿健硕，鼻梁挺直，非常英俊，只是发型并不是维克那种蓬松的卷曲状，而是向后十分光滑地紧贴着头皮。眉眼之间看起来少了些友善，倒透露着精明与冷酷。

在更衣室内，VIC01 找到一身帕佩特工厂的工作服，以及一双舒适的鞋子，穿戴完毕后，他冷静地望向衣柜上的镜子，看到了一张坚毅而略显陌生的面孔。

这身装束使他看起来完全像个帕佩特工厂的员工。

VIC01 走出工厂车间，门口停靠着一辆设备运输车。虽然车是锁着的，但他只是动动手指，就毫不费力地打开了车门，钻进驾驶舱启动引擎，娴熟地驾驶运输车离开。

汽车导航定位系统开始工作，车载语音系统询问道："目的地？"

VIC01 不假思索，稳稳地答道："航天大街 25 号。"

那里是维克和苏菲的家。

(3) ▮

霍尔省长家。父女两人正在用餐。

黛西呈现出消瘦和恬静的模样，越来越沉默。吃饭也不再嚼得那么响了，细咀慢咽若有所思，倒是很符合淑女应有的仪态。

女儿的变化，让霍尔觉得心酸。他放下手中的刀叉，定睛望着黛西说："还有三天……你就十五周岁了。"

"嗯。"黛西不经心地点了点头。

"想怎么过呢？"

黛西耸了耸肩："还能怎样？每次不都是只有您陪我庆祝吗？"

"如果这次不一样呢？"

"什么意思？"

"比方说，一个盛大的生日宴会。"

"盛大的？"黛西愣住了。

"就像你一直希望的那样，有众多宾客为公主庆生。"

"真的？"黛西觉得不可思议。

"真的，"霍尔确定道，"你可以邀请任何人参加。你的同学、朋友，甚至我们的邻居。只要是你想见的人，都可以给他们发请柬。"

"这太突然了……"黛西的兴奋溢于言表。

"开开心心，漂漂亮亮地迎接十五岁吧！"霍尔笑着说。

"多谢爸爸！"黛西眉开眼笑。

霍尔欣慰地摸了摸黛西的头。他太久没从女儿的脸上看到这种兴奋的神采了。

三天后，黛西迎来了十五岁生日晚宴，她邀请了贝拉和一些特别要好的朋友。与此同时，唐娜也经霍尔授意，向政商界的朋友发送了请柬。

黛西被打扮得闪闪发光。她穿着裁剪适度的浅紫色晚礼服，头发一丝不苟地盘在脑后，鬓角还插了一朵白色栀子花，显得清丽脱俗、气质典雅，活脱一副公主模样。

大厅内觥筹交错，霍尔忙着招呼客人，黛西欢快地领着贝拉四处参观，当她们往楼上走去的时候，黛西无意间的一瞥，看到了大厅一角的凯希——那个白胡子的男人，她永远也不会忘记的凶手！

黛西被眼前的这一幕惊呆了，回过神来后，她跟贝拉说："你先自己待会儿，我过会儿找你。"

说完这句话，黛西深吸一口气，沿楼梯飞快跑下去，来到凯希跟前，故意冲撞了凯希一下，凯希手中的香槟酒在了他浅灰色的西服上。

"啊，对不起！"黛西连忙道歉。

凯希笑了笑，很绅士地说："没关系，漂亮的公主，你就是黛西吧？生日快乐！"

"谢谢！您的外套被我弄脏了，真抱歉。"黛西不动声色。

"没关系。"凯希宽容地说。

一名端着香槟酒的侍者经过，黛西从托盘里抽出一条纸巾，殷勤地对凯希说："我帮您擦擦吧！"

"那怎么好意思？"凯希向后略退半步，摆手谦让。

黛西不由分说用纸巾擦拭凯希的西服，却在他腰间碰到了一个硬邦邦的东西。

"是手枪吗？凯希先生。"

"啊，怎么会呢？"凯希连忙否认。

"能不能让我看看？我还没见过真枪呢！"

凯希愣了一下，随即笑了，笑得有点儿尴尬："它很危险，还是别碰为妙。"

"危险？是因为枪可以用来杀人吗？"

有那么一瞬间，凯希的脸上有一丝震惊的表情，但那种表情很快被隐去，凯希温和地拍拍她的肩膀答道："黛西小姐，我还有事，失陪一会儿。"

凯希说完转身就走。

黛西望着凯希离去的背影，突然大声喊道："您用它杀过人吗？"

凯希的脚步顿时停了下来，他转身看到宾客们的目光都集中在了自己身上，而黛西也正倔强而挑衅地凝视着他。凯希皱起了眉头。

还没等凯希作答，霍尔就走上前来，安抚着众人与凯希，赔笑解释说："小女今晚太兴奋，失礼了，大家别介意！"

众人回以宽慰的微笑，又各自进行着先前的交谈寒暄。

霍尔对凯希说："非常抱歉！她大概是电影看多了，脑子里总有些稀奇古怪的想法。"

"没关系，她正处在叛逆期。"凯希本来还僵硬的面孔，换上了笑容。

黛西站在原地，怒视着这一切。

霍尔转头命令黛西道："先回房间去！"

黛西只好冷冷地告别说："再见，凯希先生，祝你愉快！"

然后转身走掉了。

"我觉得她不太喜欢我。"凯希耸耸肩膀说。

“你误会了。”霍尔打圆场道，“她本来就是个冒失的孩子，还请多包涵。”

黛西沿楼梯上了二楼，恍恍惚惚地走到自己房间门口，发现房门是开着的，一个陌生男孩正背对着她站在屋内。

“你是谁？在我房里干什么？”黛西惊讶地斥问道。

男孩转过身来，他看起来十六七岁，皮肤像是受过太阳的暴晒，透出健康的古铜色，眉宇间透着一股淳朴憨厚的气息，他穿着白 T 衫和牛仔裤，不像是来参加晚宴的客人。

那男孩望着她的脸，欲言又止，羞赧地挠了挠头。

“我问你话呢，为什么不回答！你在这儿干什么？”

“我……我本来是想找卫生间。”男孩嗓音低沉道。

“楼下有卫生间！”黛西警觉地打量着他。

“我知道，但里面有人，我又很着急……”

“楼上的卫生间在左手边第二间，并不是这儿！”

男孩忙不迭点头：“我知道，我去过了……刚好经过你的房间，觉得好奇，就进来了……对不起。”

“好奇？”

“你满屋子都贴着蓝爵士的海报。”男孩指着墙壁说。

“你也喜欢他？”

“当然！”男孩激动道，“他是个英雄！”

黛西眼睛一亮：“他是伟大的艺术家，梦想的引路人！”

男孩随声附和：“也是大慈善家和人道主义者！”

“你真是他的歌迷？”

“当然，他的每首歌我都会唱！”

“太棒了！你最喜欢哪首歌？”

“《战鼓》！”

“有品位！我也最喜欢这首！”黛西赞叹道。

霍尔对黛西还是有些不放心，上楼看看情况，却没想到正撞见黛西和一个皮肤黝黑的男孩子摇摆着身体吼叫着一首旋律奇怪的歌曲。

"你是谁？"霍尔厉声质问。

黛西吓了一跳，嘴里的哼唱戛然而止，她扭头望向自己的父亲，发现他怒视着男孩。

显然，男孩认出了霍尔，于是手足无措道："晚上好……省长先生。"

霍尔狐疑地指着男孩向黛西问道："他是谁？为什么会出现在这里？"

"他是……"黛西蓦然发现自己竟然还不知道男孩叫什么名字，"你不是说谁都可以被我邀请吗？"

"省长先生……我的名字叫巴克。"男孩插话。

霍尔的脸色愈发阴沉起来："这么说，你居然让一个不认识的人随意走进家门？"

黛西很尴尬，她觉得父亲的指责令她在巴克面前丢脸。

霍尔拨通手机道："唐娜，马上派人到小姐房间来。"

"省长先生，对不起，我不是故意闯进来的，其实我是……"巴克紧张道。

"不管你是谁，"霍尔不容置疑地说，"没有我的允许，不能擅自闯入黛西房间。"

"是我不好，我这就离开。"巴克说着要走。

此时，两位保镖出现在门口。

"请这个年轻人离开这里。"霍尔对保镖们说。

保镖看了看霍尔的脸色，便将巴克双手反钳在背后，押解着他往楼下走去。

巴克并未抵抗，但是从他的脸上，黛西看到了屈辱的表情。

当保镖们带着巴克走下楼后，大厅内的宾客骚动起来。霍尔和黛西站在二楼走廊上，望着巴克走向门外。

就在这时，戴纳从门口闯进来，他是退役的老兵，十年前在战场上被炸掉了两根手指，现在是政府大楼的警卫，也是政府警卫团年龄最大的警卫。

霍尔认识他，却从未交谈过。

"放了他吧！"戴纳恳求道。

保镖们转过头来，望向了二楼的霍尔。

"省长先生，放了这个不懂事的孩子吧，他是我儿子！"戴纳望着霍尔说。

霍尔愣住了，心里暗忖，原来这是戴纳的儿子，他肯定是对盛大的晚宴感到好奇，所以才跟着溜进来了。

霍尔挥挥手，向保镖们示意，巴克被松开了。戴纳表达了感谢，父子俩转身离开。

虽然风波平息，但霍尔还是厉声对黛西说道："你应该有起码的警惕心！"

"警惕什么？"黛西反问。

"警惕陌生人！"

"陌生人怎么了？"黛西毫不示弱地说，"人们天生就认识吗？他懂蓝爵士，我们聊得很开心，我们志同道合！"

"才几分钟就志同道合？你还不了解他！"

黛西反驳道："你今晚为什么请凯希来？你了解他是什么样的人吗？"

"这……这是起码的社交礼仪！"

"我搞不懂对杀人凶手还要在乎什么礼仪？！"

霍尔差点被噎住，只好妥协道："好吧，你休息一会就出来。今天是你的生日，得由你亲自切蛋糕。"

"你在给我过生日吗？"黛西不无讥讽地说，"这个生日晚宴，应该也是你的政治交际所必需的礼仪吧？"

霍尔愣在原地半晌，要说什么，却没说出口，遂叹了口气，转身离去。

黛西望着霍尔离去的背影，心里十分难过，她觉得自己和父亲之间的距离越来越远了。

(4)

"我帮您站岗吧？"

"还嫌你闯的乱子不够大吗？"

"我不是故意的，只是去趟卫生间……"

"去卫生间就行了，为什么要闯进黛西小姐的房间？"

巴克自觉理亏，不再吱声。

一辆轿车缓缓驶来，停在门口。戴纳走过去凑近轿车，透过深色的车窗往里看，车主是个看上去三十多岁的陌生男子。

"请您出示请柬，先生。"戴纳客气地问道。

男子对戴纳的话没有作出反应。

戴纳以为隔着车窗听不见，就大声说："先生，请您出示请柬！"

车窗降了下来，驾驶舱里正是VIC01。

VIC01对戴纳投去一个冷漠的眼神，打开车门时撞了戴纳一下，差点将他撞倒在地。VIC01快步走到门前，没费什么力气就从铁门上方翻了过去，稳稳落地，径直往主楼大厅方向走去。

戴纳吃了一惊，跟上去呵道："未经许可不得进入！"

"你最好别多管闲事。"VIC01终于开口说话。

戴纳毫无惧色地说："请尽快离开！"

"如果不呢?"

"好吧。"戴纳对着别在领口的呼叫器说道"正门有情况,马上派人过来!"

VIC01 上前一步,抬起手掌,朝戴纳的胸口猛推了一把,戴纳被这一掌推出去六七米,摔倒在地。他感到胸口一阵剧痛,想站起来,却使不上劲。

"爸爸!"巴克连忙跑过来搀扶父亲。

"别……别让他进去!"戴纳忍痛叮咛巴克。

巴克起身拦住 VIC01。

"让开!"

"不行!"

"你还有时间逃命。"

"警卫马上就到,你逃不掉的!"

在 VIC01 向大厅远眺的时刻,巴克伺机而动,敏捷地抓住了 VIC01 的手臂,用搏击课里学到的内容,急转、弯腰、抢臂,然而,当他使出全力时,却被反弹回来,VIC01 用力一挥手,巴克就被摔了出去,重重地跌在地上,右肩处传来喀嚓一声响,剧痛袭来。

大厅内,黛西吹熄蜡烛,切开了高达六层的大蛋糕。

趁着大家分享蛋糕的时刻,黛西特意切了两块放在盘中,溜出大厅,往院内警亭走去。她想替父亲表达歉意,把蛋糕送给巴克和戴纳。

然而眼前的景象令黛西吓了一跳,她刚走进院子里,就看到四个警卫倒在地上,另外两个警卫还在负隅顽抗,对手是个陌生男子,他很轻易就把他们打倒在地。

巴克发现了黛西,冲黛西喊道:"危险!别过来,快跑!"

黛西如梦初醒,手中的盘子也跌落在地,但她还没迈开脚步,

VIC01 就一个箭步冲了上来，用臂弯勒住了她的脖子！

巴克和警卫们异口同声喊道："放开她！"

"省长千金？生日快乐！"VIC01 嘴角露出一丝笑容。

"放开我！"黛西越是挣扎，VIC01 用的力道就越重，勒得她满脸通红。

"你想干什么?!"黛西费力地喊道。

"我要见的人在宴会里，我对你们没兴趣。"

宴会厅里的人们得知消息后炸开了锅，纷纷来到院子里。霍尔看到被陌生男子挟持的女儿，这一幕似曾相识，他心急如焚，但又不得不强压怒火和恐慌，对 VIC01 喊道："你是谁？快放开她，有什么条件都可以提出来！"

此时大批特警已经排布在房子周边，楼顶的直升机正在盘旋，一束强光照射着 VIC01 和黛西。

VIC01 望向人群中的凯希和洛克上校，瞳孔突然放大，他撇下黛西，径直朝凯希和洛克上校的方向走去。

直升机忽然投来一张电网罩住了 VIC01，被捆住了的 VIC01 身上噼噼啪啪闪出火花，他摔倒在地，挣扎翻滚。这是警局的新式武器——电网弹，可安置在来复枪或直升机上，弹丸命中目标后会辐射出一张电网捆住目标，并施以麻痹作用，使悍匪束手就擒。

"不要开枪，留下活口！"霍尔喊道。

特警们正要冲上前去，倒地的 VIC01 居然徒手撕裂了这张高科技的电网，电网发出噼噼啪啪的声响，火花四溅。

众人瞠目结舌，纷纷向后避退。

挣脱电网的 VIC01 飞身来到一辆警车旁，踹倒车门旁的警察，迅速钻进驾驶室，短短几秒钟，完成了倒车、转弯等一系列动作。汽车油门轰响，撞开了院门。

特警纷纷开枪射击，但警车十分结实，子弹根本无法射穿汽车外壳。

"这么多人，居然连一个人都对付不了！"望着绝尘而去的警车，霍尔气愤道，"就算是把沃德省翻个底朝天，也要逮到那个家伙！"

黛西倚靠在父亲的身边，摸着脖子咳嗽起来。

凯希此刻紧皱眉头，一言不发。

洛克上校嘟囔道："我怎么觉得他像是冲我来的。"

让他更为纳闷的是，这个人看起来长得非常像维克。但是不可能啊，昨天他才和火星上的"维克"通过视频电话，他怎么可能一夜之间从火星返回地球呢？

黛西没想到，自己十五岁的生日晚宴，会演变成这样一场惊心动魄的闹剧。她倒并不十分介意，甚至觉得这是上天安排的惊喜。于是，她仰起面颊，朝身边威严肃穆的霍尔笑了笑，露出了八颗雪白的牙齿。

(5) ▐▐▐

2045 年 12 月 24 日。

已过午夜十二点，WD 实验室的灯光依旧明亮，杰夫没有约会，甚至都忘记了今天是个节日。他沉浸在工作中，对着一台超级能量棒琢磨了 10 小时之久，饥肠辘辘，于是决定暂时放下手头工作，驾车去附近买宵夜。

天气异常寒冷，雪却迟迟不下，干燥的冷风吹到脸上犹如刀割。街道上到处扔着彩带和燃放后的烟花，显出狂欢后的冷清。杰夫坐在车内眺望前方，搜寻没有打烊的餐厅，然而地处偏远郊区，一间间的餐馆都纷纷熄灯停业。

突然，街对角一辆跑车呼啸而来，杰夫吓了一跳，立即猛打方向盘，车子失控撞倒了路边的垃圾桶，垃圾被撞得到处都是，不明的粘稠液体洒在了挡风玻璃上，看起来恶心兮兮的。

杰夫开门下车，想与那位冒失的车主理论。跑车门打开，出来一个下巴上留着白胡子的男人。这不是石油公司的凯希吗？杰夫不禁想到。他在电视里见过他，那一撮山羊胡让人印象深刻。

"你差点撞到我！"杰夫愤愤地说。

"是吗？那不还是没有撞到嘛！"凯希满嘴酒气，毫无歉意，他转身问坐在副驾驶座上的一个妙龄女郎，"宝贝，你看见我开车撞他了吗？"

女郎瞥了一眼杰夫道："呦，帅哥，这么晚不回家上哪儿消遣去呀？"

杰夫厌恶地望着二人，实在不想争辩，只好自认倒霉。他摆摆手转身回到车内，启动汽车，倒退几米，避开一地的垃圾，猛踩油门离开了此地。

功夫不负有心人，5 分钟后，杰夫终于看到一家尚未打烊的快餐厅。他步入餐厅发现除了两个机器人服务员和一个机器人代班经理之外，并没有人类。

沃德省 80％的餐厅实现了机器人自主运营。从厨师、服务员到带班经理都是机器人，高效而节约，管理起来不费力气。餐厅老板是人类，被彻底解放，基本上都待在家里，或者在外面找乐子，时不时用手机查询一下餐厅进账。

杰夫来到柜台前点餐。站在他对面的是一个仿真度很高的机器人。

"一份 A 套餐。"

"好的，您一共消费八十五元。"

杰夫把手伸进兜里，掏出零钱数好，递给对方。

"请坐，5 分钟后为您上餐。"机器人服务员微笑着说道。

一阵熟悉的引擎轰鸣声传来，杰夫回头一看，凯希正跟跟跄跄地走进餐厅。

真是冤家路窄！杰夫愤愤地望了凯希一眼，找了角落的餐桌坐下，百无聊赖地翻看手机。

"要两份 B 套餐。"凯希对机器人服务员说。

"好的，您一共消费一百九十元……"机器人服务员的眼睛突然瞪了起来，喉咙像被什么东西卡住了，"您……您……"

就在此时，发生了惊人的一幕。

当凯希低头从钱包里取钱的时候，柜台里的机器人突然浑身震颤起来，瞳孔发出幽幽的红光，一闪一闪的，他突然伸出双手，掐住了凯希的脖子！

凯希吓了一跳，钱包掉在地上，他手脚并用踢打机器人，但中间隔着柜台，他无法伤到对方。他脸涨得通红，下巴上的胡须一抖一抖，眼睛圆睁，眼球像要迸出眼眶。

杰夫看到这一幕，连忙抄起一把椅子，砸向机器人的后脑，机器人顿住，双手力道减小，凯希趁机逃脱，双手捂住脖子咳嗽不已。

餐厅里其他机器人也纷纷朝杰夫和凯希扑来，机器人厨师手里甚至举着一把锅铲。

"这他妈的是怎么回事?!"凯希连忙后退。

杰夫见状不由分说地拉起凯希就跑，他们冲进半开着门的食品储藏间，将门反锁。砸门声此起彼伏，但储藏间的金属门非常结实，想撞破并非易事。

撞击声持续了很久，每一下重击都令人心惊肉跳。凯希醒了酒，打了个寒战，恢复神智后，他抱怨道："他们这是要造反了吗?"

杰夫也不得其解："有三定律约束，机器人是不可能主动对人类发动攻击的，除非……"

"除非什么?"

"除非他们的大脑芯片被恶意篡改……"

"还有这种事？"凯希没听说过。

杰夫也很快否定了这个假设，摇摇头说："芯片出场时已经加密锁定，很难修改；况且这么做是重罪，没人敢冒这个风险。"

五分钟后，外面没了动静，储藏间变得静悄悄的。杰夫很想知道外面的情况，可门被锁死，需电子感应钥匙才能打开。

他们完全被困在了这里。

凯希像变了个人，嚣张气焰全都不见，他开始大声喊救命。

杰夫看不下去，提醒道："凌晨一点钟了，这是地下室，连扇窗户都没有，怎么会有人听到你的呼救呢？"

凯希愣住，余下的叫声卡在喉咙里。

"那怎么办？"

"看看有没有什么工具可以撬锁。"

话音刚落，储藏间里的灯管熄灭了，室内顿时伸手不见五指。

"妈的，怎么黑了？"

"看来是有人破坏了电路。"

储藏间温度很低，存放着许多还未加工的肉类，杰夫看到这些带着血污的肉块，皱起了眉头。

"如果刚才不是你拽着我进来，我根本不会困在这里！"

"如果刚才不是我救你，你可能已经被机器人干掉了！"

"那也不一定！"凯希吸了吸鼻子，"没准儿我已经跟爱丽丝躺在了酒店柔软的床上！可不像这个鬼地方那么冷！"

杰夫懒得听他唠叨，只盼天亮他能离开这里，回到实验室去。

此刻唯一能做的，就是等待而已。

大约凌晨3点，凯希躺在地上睡着了，身上盖着他从货架上找到的一块儿餐桌布。杰夫却失眠了，他把身子缩成一团，但仍然感到寒冷。就在这个时候，他发现黑暗中出现了怪异的不明物体。

一只发出幽幽蓝光的蜈蚣不知从何处钻了进来，在墙面上蜿蜒爬行，很显然它是个机器家伙，比真蜈蚣大许多，触角发出红光，看起来很瘆人。

这只机器蜈蚣正虎视眈眈地望着杰夫。

发现目标后，蜈蚣骤然间啪地响了一声，四分五裂成许多小球，每只小球都由两条细小的腿支撑行走，它们翻滚雀跃，朝杰夫冲了过来。

杰夫连忙起身后退，抄起货架上的一根木棍防御。这些小球的攻击力十分有限，其中一个被杰夫像棒球一样击中，撞到了墙上，发出一声脆响，惊醒了沉睡中的凯希。

凯希感觉胳膊上一阵刺痛，像被针扎似的，吓得跳了起来，因为看不清路，撞倒了货架，引发多米诺骨牌效应，整排货架依次倾倒，一时间，整个储藏室乱作一团。

杰夫正在准备对付小球们第二轮进攻的时候，它们却突然又变回了蜈蚣的形状，顺着墙壁向上爬，然后从通风管道钻了出去，顷刻间没了踪影。

凯希的一条腿被压在倒塌的货架下面，正发出杀猪般的惨叫声，杰夫冲过去用力把那个货架腾挪开来。获救的凯希双腿流着鲜血，面目惊恐。

杰夫被折腾得满头大汗，他完全糊涂了，为什么一夜之间会发生这么多怪异的事件？

（6）

杰夫完全没料到，他跟凯希会受困二十多天。

冰柜里的肉类都被冻成了硬邦邦的冰块，未加热无法食用。只有一些诸如萝卜、土豆、青菜之类的东西可以充饥。尽管如此，杰夫也感到幸运，如果被困在一个完全没有食物的地方，恐怕早已饿死。

凯希受伤的双腿开始发炎流脓，伤痛和恐惧折磨着他，使他陷入极度的不安和焦虑。

能吃的食物已经没有了，凯希拖着伤腿去敲打那些冰冻的肉类，用嘴撕咬带着冰渣的生肉，看起来十分骇人。

储藏室实在太冷，杰夫不敢贸然入睡，总是睡一小会儿就被冻醒。有一晚，他终于撑不住了，极度的困倦使他沉沉地睡去，竟然还做起了梦，梦到自己正躺在平静的海面上，仰望蓝色的天空……

沉睡的杰夫浑然不觉危险的接近。

担心食物不足，趁杰夫睡着的时候，凯希悄悄地掂起一根棍子，拖着那条发臭的烂腿，爬到杰夫身边，扬起棍子，对着杰夫的脑袋重重地敲了下去。

杰夫彻底昏了过去。

不知过了多久，杰夫才醒过来。睁眼看时，发现凯希趴在自己的小腿上，脸贴着冰冷的地面一动不动。杰夫伸手去触碰凯希的身体时，发现他已经冰冷僵硬。

杰夫不寒而栗，他推开凯希，跌跌撞撞爬起来，将那块儿餐桌布盖在了他的身上。

一连几天，杰夫跟凯希的尸体守在一起，尸臭味很大，杰夫阵阵作呕，体力渐渐不支。

食物已经没有了，只能喝洗菜池里冰冷的自来水。想要活下去就必须逃出去，可怎么出去呢？那扇厚厚的大门根本无法打开。

正在杰夫无计可施的时候，门外传来建筑物倒塌的声音，整间仓库也随之震颤起来。

地震了吗？

杰夫还没搞明白的时候，屋顶突然间坍塌，一只巨大的金属手掌居然把天花板挖了个大洞，石块和尘土簌簌地往下掉，弄得杰夫一头灰，他捂着口鼻咳嗽不已，抬头望了望屋顶的大洞，原来是重型工程机器人在作业。外面正下着大雨，夜色里，机器人头顶的疝气大灯发出刺目的光芒。

是来救我的吗？杰夫不禁想到，他冲着工程机器人挥手喊叫。

重型机器人发现了他的存在，随即举起一只大手重重地砸了下来。幸亏杰夫反应很快，躲了过去，但石块击中了他左肩，他被砸倒在地，整条左臂剧痛不已。

重型机器人再次举起大手的时候，杰夫迅速翻身站起来，从倒塌的断壁残垣之间逃了出去。

他在雨中跟跟跄跄地奔跑，来到了大街上，他被恐惧和剧痛折磨着，不知跑了多久，直到腿脚瘫软，最终摇摇晃晃地倒在了一片碎石堆上。

远处驶来一辆破旧的警车，杰夫费力地站了起来，他来到路中央试图拦截，可那辆警车开得歪歪扭扭，差点撞到杰夫。

"喂！你能告诉我究竟是怎么回事吗？"杰夫爬在车头上望着车里的警察气喘吁吁地说。

这警察竟是几个月前守在苏菲家楼下的那个胖警察，当时他正在跟同事痛斥凯希睡了他老婆。

胖警察瞪大眼睛慌慌张张摇下车窗道："你……你不要命了吗？快上来！"

杰夫拉开车门上车。

"整座城市都遭受了机器人的攻击？"

"你活在另一个世界吗？难道这一个月来你什么都不知道？"胖警察满头是汗，望着前方的路面说，"市政府那片区域暂时是安全的，那里有卫兵和路障。我们只能去那儿躲避。"

汽车驶过高架桥，杰夫向远处望去，到处都是倒塌的大楼和被摧毁的汽车，整座城市像是被巨大的怪物啃噬过。一座巨大的建筑物正在离河岸不远的地方冒着着熊熊烈火，在火光的映衬下，暗红色的河面上漂浮着黑黢黢的东西，仔细一瞧，竟都是人的尸体。

"看来我的确错过了什么……"杰夫说。

雨势很大，雨刷器飞快扫动，却依然无法让视线清晰。

远处有个张开双臂的人影在晃动，警车慢慢停了下来，胖警察谨慎地伸着脖子望着前方越走越近的人影。

"老天爷！"胖警察突然表情变狰狞，猛踩油门朝车前的人冲了上去。

"你在干什么?!"杰夫吓了一跳，试图制止。

"他是机器人！"胖警察吼道，"你没看到他的眼睛吗?"

杰夫这才注意到那人的眼睛微微地闪着红光，就像他曾在快餐店见过的那样。

嘭！一声闷响，机器人撞裂了汽车挡风玻璃。机器人面部破损，看上去阴森恐怖。胖警察猛打方向盘晃动车头，想甩掉机器人，但对方死死抓住边框，伸手卡住了胖警察的脖子，胖警察额头青筋暴起，表情痛苦。

杰夫眼疾手快抽出了胖警察腰间的手枪，对准发狂机器人的脑袋扣动了扳机……

(7)

故事回到 2045 年 9 月 10 日，杰夫逃出仓库的四个月前。

VIC01 当初离驾驶运输车离开帕佩特工厂抵达维克家中，在衣橱的夹层里找到了一台微型录影机。

这台录影机里藏着苏菲死亡的秘密。

录影机存有显示日期为 7 月 15 日的视频，那是苏菲动身前往欧德工厂前录制的视频，她流泪告诉维克她打算孤身去解救被凯希绑架的吉恩，她对前途很不乐观。

看罢视频，VIC01 怒火中烧。

他尾随凯希来到了黛西的生日宴会，起初他只打算找凯希算账，却遭到围攻和追捕，在四处躲避的日子里，他不断想到妻儿惨死，加之对航天总署的厌恶，刻骨的仇恨便开始慢慢发酵，竟爆发出了维克本身所没有表现出来的黑暗面。

他开始实施一个惊人的计划。

VIC01 再次入侵互联网，凭借高超的技能篡改了机器人大脑芯片程序，撤消了"机器人三定律"，并大大提升了其智能水平。

他们都听命于 VIC01。

一些用户们发现近期生产的仿真机器人常有一些极高的智力表现，但大家对此能说些什么呢？只会认为帕佩特工厂的产品质量上乘。

这些看起来和人类并无二致的机器人像往常一样被输送到需要他们的地方。人们对于这种近乎真人的高级机器人的追捧与日俱增，很快，帕佩特工厂增设了数条生产线，提高设备运转效率，产量大幅提升，成千上万的智能机器人被运往各地，进入工厂、公司以及民众的家中，默默劳作。

2045 年 12 月 24 日，平安夜当晚，VIC01 下达指令，发动起义。

这场起义显然做了充分的准备，VIC01 利用互联网，在机器人们例行下载程序补丁之时下达命令，所有联网更新程序的机器人都接到了 VIC01 发出的指令。

因此，杰夫在快餐店用餐时，机器人攻击了他和凯希，迫使他们躲入食品储藏间。

起义当晚，沃德省航空航天基地就遭到了毁灭性打击，伤亡惨重。洛克上校坚守岗位，指挥基地警卫实施反击，但机器人夺走了他的手枪，并对着他连开数枪，洛克上校倒在了血泊里。

（8）

人类与机器人的战争，从 2045 年到 2055 年，持续十载。

直至 2055 年秋天，沃德省成了一个孤立的省，霍尔省长只能掌控原先十分之一大小的领地。

如今的霍尔两鬓斑白，远不及 10 年前那般健康矍铄，由于常年指挥作战的操劳，身体大不如前。但尽管如此，他的眉宇之间还是保有着令人敬畏的气质，腰板也一如既往挺得笔直。

傍晚十分，霍尔孤坐书房，嘴里叼着烟斗，烟头忽明忽暗，他手里抚摸着一枚勋章，沉思良久。这枚勋章是因为他与机器人军团顽强抗争、战功卓著而被授予的。

可是，人类还能坚持多久呢？

霍尔陷入沉思，两条浓眉紧蹙在一起，他十分清楚当下的局势，机器人在战斗中损坏后可以快速修复或者重新生产，但人类呢？人类的生命十分可贵，不可重来。

为解决这一难题，沃德省曾制造了一批 H 型战斗机器人去参战，但这些机器人最终都被俘虏和同化，反而壮大了敌人的队伍。沃德省日渐陷入了山穷水尽的境地。

门外传来了熟悉的脚步声，霍尔定了定神，把手中的勋章放回原位，熄灭烟斗，并把它藏进抽屉。

有人走了进来，并打开了书房的灯。

　　明亮的灯光令霍尔感到一阵眩晕，他闭了一下眼睛，之后再慢慢睁开，看到了站在自己面前的黛西。

　　曾经的叛逆少女，已经长成了亭亭玉立的大姑娘。

　　黛西皱着眉头嗅了嗅，不满道：“您把我的忠告当成耳旁风了吗？”

　　“只是抽几口罢了。”霍尔理亏地说。

　　“您保证过的。”黛西走近霍尔，一只手搭在他肩头，“要遵守诺言！”

　　“好吧，下次不敢了，黛西医生。”

　　黛西被他一本正经的样子逗笑了，她笑起来的样子很迷人，甜美而神秘。

　　“巴克送你回来的？”

　　“嗯。”黛西停留在霍尔肩头的手上戴着一枚戒指，正在闪闪发光。

　　霍尔望着那枚戒指问：“那小子向你求婚了？”

　　“是的，爸爸……他约我吃晚饭，突然跪下来跟我求婚……当时很多人在场。”黛西脸上浮现出少见的羞涩感，但在看到父亲严肃的表情之后，她又隐去了笑容，“唉，我知道，您不喜欢他。”

　　“他跟你不般配！”

　　“什么叫般配？是门当户对吗？就因为他爸爸只是个普普通通的警卫吗？”

　　霍尔摇摇头：“不，这跟门第没关系。巴克个性太强，做事太冲动。”

　　“当然，他需要历练……但他也有很多优点，他正直、勇敢、善良，而且很有上进心！”

　　“上进心？”霍尔似是嘲弄地说，“他到现在也不过是个中尉！”

　　“那么……”黛西摊开两只手，有点气馁地说，“凭这些所谓的理由，您打算怎么处置呢？”

"如果，我一定要反对你们在一起呢？"

"别谈这件事了。我不想让您不开心。"黛西感到绝望，"很晚了，您该休息了。"

霍尔从椅子上起身，踱了两步走到窗前望了望窗外，又转过头来盯住黛西说："事实上……昨天，我跟他单独见了一面。"

"跟巴克吗？"黛西惊讶道，"他没告诉过我。"

"是我让他瞒着你的。"

"你们聊了些什么？"

"我对他说，如果他肯放弃你，我会给他更高的职位。"

"你怎么能这么做！"黛西愤慨道，"然后呢？他怎么说？"

"然后，他拒绝了我。"霍尔苦笑了一下说，"不，应该说，他教训了我。"

"教训了你？"

"那小子跟从前一样，一点儿都没变。说了一大堆自以为是的话！"

"那么最让您印象深刻的是一句什么话？"

"他说他爱你。"

黛西愣住了。

"对于这一点……"霍尔感叹道，"我毫不怀疑！"

"真的吗？"

"我相信他很爱你。"霍尔用慈爱的目光望着黛西道，"黛西，他值得托付！"

黛西不敢相信事情的走向竟会发生如此巨大的逆转，连忙追问："您的意思是……您答应了？！"

"是的！"霍尔点点头，"尽快举行婚礼吧！"

黛西被突如其来的状况搞懵了："我真的不敢相信！"

"爸爸希望能完成这个夙愿。"霍尔摸了摸黛西的头说。

"现在就结婚？"黛西忧心地说，"战事可正激烈着呢！"

"所以才要快。"霍尔掷地有声地说，"时间不多了！"

"好吧，亲爱的爸爸！"黛西高兴地搂着霍尔的脖子，在他脸上用力地亲了一口。

"对了，有件礼物送给你。"霍尔转身从墙上的保险柜里取出一只黑色皮箱，打开后，里面是一件银灰色的风衣，衣领后面还缀着一个宽大的帽子。

见到这件衣服，黛西皱了皱眉说："爸爸，谢谢你送我衣服，但……它实在有点土，我穿起来一定像个女巫师。"

"这是一件隐形衣。"霍尔说着，按下了衣领底部的一个微型按钮，"你瞧！"

就在按下按钮的一瞬间，这件不起眼的衣服竟然在黛西眼皮底下消失了。

"天哪！看不见了！"黛西吃惊道，"怎么做到的？"

"WD 实验室最新的科研成果，可惜来不及量产了。这件衣服是由无数微型处理器编织而成的，每个微处理器都具有成像、恒温、透气这些功能。"

"但它怎么就看不见了呢？"

"你穿上它启动开关后，微处理器会将观察者原来看到的影像信息在你的位置成像，从而隐去了你的外形，而其中一部分芯片模拟发光，会把你产生的阴影效果一并除去，这样一来就产生了非常逼真的隐身效果。"

"原来如此！"黛西点头道，转而又说，"虽然肉眼看不见，但探测仪也探测不到吗？"

"微处理器的制冷功能可以抵消你散发出的热量，热红外探测仪也探测不到。"霍尔说着，又按下开关，衣服现出原形。

"哇，好神奇！我要试试它！"黛西说着就将这件衣服披在了自己身上，按下开关，瞬间隐身，只有两只脚露在外面，她笑嘻嘻地说，"爸爸，我再也不愁零花钱了！"

"为什么？"

"小心您的钱包！"

办公室里传出了父女俩欢快的笑声。

25岁的黛西即将迎来她人生中最激动人心的日子。霍尔打算为女儿筹备一个简朴的婚礼。

然而他们都没料到，在婚礼举行的前夜，机器人军团发起了总攻，战况非常惨烈，当天夜里，巴克就在前线壮烈牺牲，一枚炸弹在他身边爆炸，可怜的巴克，连尸首都没有留下。

霍尔用顽强的意志力指挥将士最后一搏，但寡不敌众，政府大楼被炸毁，霍尔和黛西当时正处在地下室里，弹片击中了霍尔的右腿，整个腿部顿时血肉模糊，露出半截森森白骨。

在霍尔弥留之际，他忍住剧痛，郑重地叮嘱黛西道："那件隐形衣……穿上它，逃出去，不管怎样，一定要坚强活下去！"

一个强悍的领袖，一位慈祥的父亲，抱憾离开了人世。

黛西号啕大哭，泪如雨下，尽管她百般不舍，但还是遵从了父亲的嘱咐，她咬了咬牙，擦干眼泪，披上那件隐形衣，离开了已成废墟的政府大楼。

一夜之间，机器人军团攻克了沃德省的最后一道防线，末日的寒光笼罩了整个天际，长达十年的人类与机器人的战争，终以机器人的胜利而告终。

战争虽然结束，但机器人对残存人类的围剿和杀戮一刻也没有停止。

绝大部分人类在战争中死去，少数人还在四处逃生。

这些人里有黛西，还有杰夫。

第五章　实验

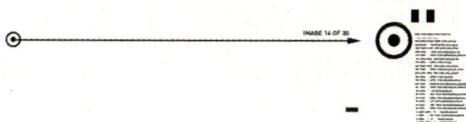

(1)

2057 年 1 月。沃德省。

湛蓝的天空中，阳光刺目却毫无热度。道路呈 90 度垂直错列，建筑群排列工整有序，高楼大厦在阳光下呈现出统一的银灰色，绿色植被十分鲜见。

由于机器人无须消耗过多的食品和衣物，减少了垃圾的生成，城市看起来似乎没有任何多余的东西。仅用了不到两年的时间，战争后的破败景象一扫而空，像什么都没发生过。在机器人的统治之下，这里俨然变得陌生而井然有序。

机器人通过生产和维修的方式繁衍生息。新型机器人被大量制造，他们的适应力和自律性远优于人类。

部分人类幸存者被圈养起来供机器人们进行科学研究。因为担心残存在各地的人类揭竿而起，机器人政府刻意抹杀了所有关于人类的历史的记载。那些珍贵的历史、文化及科技资料被封存起来由秘密机构保管，用来作为改进机器人社会发展的文献资料。

探索的脚步没有停止，在 VIC01 授意之下，机器人科学家们开展了多项科学研究。在他们中间，VIC25 的课题无疑是最独特的。

VIC25 是以 VIC 系统为基础生产的编号为 25 的机器人，他像是个 50 来岁的中年人，大大的鼻子，深邃的眼睛，还有一副茂密的络腮胡。这副外表使他显得十分亲和。VIC25 的大脑芯片存储了人类诸多的文化艺术成果。他的研究课题是人类情感，并着手于"大脑芯片情感系统"的项目开发。而这一课题，一直为其他机器人科学家们所不屑。

"人类的愚蠢在于他们缺乏理性！"某位机器人科学家在一次会议上讲道。

"然而感性才使世界变得更加美好。"VIC25 对上述言论总是报以这样的回敬。

在 VIC25 研究人类大脑的过程中，他分析了人类特有的诸如贪婪、仇恨以及爱慕等精神层面的内容。而通过大量小说、电影、传记的回顾之后，他发现"爱情"具有神奇魔力。为什么所谓的"爱情"会让人类的思维和行为发生巨大改变？令他百思不得其解。

VIC25 申请大笔科研经费，开启了一项规模很大的实验项目。

沃德省是一座 3.2 万平方公里的大岛，距它北侧 40 海里有一处名为"川格岛"的荒岛，也隶属于沃德省。从地图上来看，这座 900 平方公里的川格岛像一个瘦长的倒三角形，北部宽阔，南部细窄。在机器人占据沃德省后，川格岛得以开发。它的东部划定为 H 区，是关押人类犯人的地方；西部则是 VIC25 即将进行实验的区域，他打算在这里构建一座小镇。

这座小镇的居民全都是机器人，但在大脑芯片初始设置的时候，他们都认定自己是人类，生活方式也和人类几乎没有差别。VIC25 希望能通过安装在这些机器人脑部的记录仪搜集到人类情感的相关数据。他为小镇取名为"森博镇"（借英文 sample 之意：样本）。

有些秘密只有 VIC01 自己知道。他常常陷入回忆，死去的维克、苏菲，以及霍尔这些人不时闪入他脑海。在探讨小镇实验的会议上，他提出一条大胆意见：以那些死去的人类为原型复制他们。

"您确定森博镇图书馆馆长的名字叫霍尔？和沃德省省长的名字一样？"VIC25 不解道，"而且我发现北岛市曾经的政府大楼和森博镇图书馆的建筑外观，也有几分相像。"

"是的，生活有点平淡不是吗？"VIC01 说道，"我希望听到这个老对手的名字。也给他安排个有意思的住处。"

但是当他们去参观这些尚未启动的机器人时，VIC01 望着栩栩如生、腰板挺直的机器人霍尔，不由得回忆起了沃德省那个坚韧不屈、战功卓著的领袖，这令他不禁有些不舒服。

"把霍尔的数据修改一下，我不喜欢他那种雄赳赳气昂昂的样子。"他命令道。

"好的。"VIC25 说。

于是，原本腰姿挺拔的霍尔，成了佝偻模样。

"他有没有什么不良习惯？"

"目前没有。"

"你不是刚刚研制成功酒精感应系统吗？这主意不错，据我所知，人类和酒精的故事可以说是妙不可言。"

于是霍尔有了酗酒的恶习。

"您还有什么吩咐？"

"去查一下名字叫维克和苏菲的两个人的资料，复制他们。"

VIC25 迅速在微型电脑中搜索到了两人的资料，浏览过后说道："他们是一对夫妻，已经死了。"

"截取他们 20 岁之前的资料和记忆就可以了，"VIC01 说罢仰面躺进柔软舒适的椅子里，缓缓地闭上了眼睛，"我希望看到他们年轻时的样子。"

"好的……"VIC25 若有所思点了点头。

于是，整整一千名经过角色设定的机器人被送往森博镇。

(2) ▮

作为实验基地，森博镇像是人类世界的一角。它拷贝了人类生活的原貌，拥有工厂、学校、超市，医院和车站等等场所。

森博医院只有外科，因为覆盖了生化肌肤的机器人会定期来到这里修复受伤破损的皮肤。

森博镇的"天气控制系统"除了编排每日天气，还有另一项重要功能：防范小镇的机器人离开森博镇。只要有机器人来到小镇的边界地带，他们就会被莫名的闪电击中，从而对外面的世界产生恐惧心理，停下探索的脚步。但事实上很少有机器人真正亲历过雷击，他们的大脑芯片中已被输入了关于雷击的故事，通常也是不敢冒然尝试的。

山迪和蓓姬跟镇上其他机器人一样，并不清楚自己的真实身份。他们芯片中的记忆使他们认定彼此是一起长大的"青梅竹马"，日久生情。他们成为实验室严密监控的对象，情绪起伏的数据被记录仪记载下来，供科学研究。

于是我们看到了本书开篇中的故事，2057年3月，互生好感的山迪和蓓姬相约去种树，并意外找到了那本名叫《需想》的书。读了这本怪书，山迪开始重新审视森博镇，并做出大胆决定：带蓓姬去远方探个究竟。

汽车离开森博镇，向更远的地方驶去……

监控室内，VIC25的助手严密监视着山迪和蓓姬的动向，眼看他们的汽车已经走远，再不采取措施的话，森博镇的秘密恐怕泄漏，后果不堪设想。

VIC25 下令启动天气控制系统。

于是，山迪和蓓姬遭遇了暴雨和闪电，并导致了一场不大不小的车祸。

劫后余生的山迪下车查看汽车有没有其他问题时，蓓姬却尖叫一声，用手指着车尾惊呼："快看，那是什么?!"

山迪朝着她指的方向看去，登时愣在原地。

那竟然是一双正在走路的脚！没有身体，只有一双脚⋯⋯

"难道⋯⋯难道真是幽灵吗?"蓓姬哆哆嗦嗦地问。

"就算是幽灵，也必须追上它，这一定有关森博镇的秘密!"

"山迪和蓓姬弃车跑出监控区域!"助手向 VIC25 禀报。

VIC25 立即冲进监控室，搜遍了的监控屏，也没有发现他们的踪迹。VIC25 神色一凛，立即下令："通报警署，展开追捕!"

助手立即向森博镇警署传达了指令，很快，由博格警官指挥警力开始搜捕行动。

由于雨水太大，"幽灵"留下的脚印很快就被掩盖了，山迪和蓓姬盲目地在旷野上寻找良久，一无所获。天快亮时他们只好回到了森博镇。

汽车被折腾得破破烂烂，山迪谙知逃不掉父亲的严厉批评。而此时此刻，他脑海中全是那双不明下落的脚。

"山迪和蓓姬返回森博镇，已经抵达各自家中!"助手向 VIC25 禀报。

"继续监控，留意他们的一举一动。"VIC25 松了口气，"转告警署，不要打草惊蛇，不要让他们觉察到我们在监视他们。"

"那么⋯⋯这件事是否还需向 VIC14 报告?"

"没这个必要!"VIC25 挥了挥手说。

"好的！"助手领命道。

(3)

VIC01 半躺在椅子里，双脚叠放在办公桌上，脚边一台老式的CD 机正在播放约翰 – 丹佛的《*Take Me Home, Country Roads*》，令他想起了火星基地的日子。时隔多年，一想到维克及苏菲的惨死，心中依然会升腾起挥之不去的难过。

敲门声响起，VIC01 关掉音乐，缓缓说道："请进。"

VIC14 走进来说："有事向您禀报！"

VIC14 是由 VIC 系统生成的第 14 个机器人，类别属性是军事，在与人类的战争中战功卓著，是 VIC01 非常器重的左膀右臂。到了和平年代，VIC14 负责机器人政府的安保以及监管人类囚犯。就森博镇来说，VIC25 是森博镇的缔造者和管理者，VIC14 则是森博镇的安全顾问。但 VIC14 只对 VIC01 负责，甚至可以越过 VIC25 行使森博镇的相关权力。这种权责安排，某种程度上来说，是因为 VIC01 不完全放心 VIC25。

"关于森博镇图书馆幽灵事件，您是否还有印象？"VIC14 说。

"你是说那个酒鬼喝多了之后的幻觉吗？有什么值得特别留意的？"VIC01 一边翻阅手边的电子记事簿一边说。

"警察提取了现场留下的血迹拿去化验。"VIC14 停顿了一下说，"化验结果出来了，血液中含有女性人类的 DNA ！"

"什么，女性人类？"VIC01 吃惊不小。

"是的。"

"有人越狱了？"

"不，并没有。"VIC14 摇摇头，很笃定地回答说，"H 区没有人越狱，人类囚犯除了上个月病死两人，其他一个都没少。"

"难道还有其他漏网之鱼？而且就在森博镇里？"

"我想是的。"

"还是个女性？"VIC01 眯起了眼睛，他心中思忖着，一个普通的人类女性，是通过什么渠道进入森博镇的？又是如何逃过森博镇天罗地网的监控而存活下来的？她究竟是谁？隐匿在森博镇的目的是什么？她还有没有其他同党？

VIC01 感觉此事不容小觑，于是召开紧急会议发布指令，派遣大批机器人警察追踪漏网人类的下落。

（4）▐

森博镇，深夜。

在小镇以南的旷野地带，生长着郁郁葱葱的杂草与高大树木，因为极少有人冒然来到这里，所以这座森林也是未被监控的地带。不过，最近一段时间森林里并不宁静，经常有警局的飞行器在森林上空盘旋，搜寻人类。

深入森林腹地，隐藏着不为人知的秘密。一座山的洞口被浓密的灌木掩盖，一架歪歪扭扭的木梯通往地下，下面有大约 200 平米的空间，被一个狭窄的木门分割成了两个部分。这看似简陋的庇身之所，却是杰夫用了很长时间才找到的。

沃德省失守后，杰夫四处躲避机器人的猎杀。值得一提的是，机器人虽然捕杀人类，却对动物比较友善。森林里特别保留了诸如狼、狐狸、猴子、兔子等动物，形成了比较完整的食物链。

然而杰夫是个素食主义者，并不打猎，又担心被机器人发现踪迹，只好夜晚出洞寻觅野果和菌菇充饥。他用绿色枝叶编织的外套伪装自己，又佩戴手枪和匕首防身。艰苦环境的历练彻底改变了当初那个宅男科学家的形象，他成了一个皮肤黝黑身形健硕的男人，成为一个行事利落、动作敏捷、警觉性很高的"战士"。

静谧的夜晚，月光被高大的树木枝叶遮挡，能见度很低。杰夫期待今晚能有所收获，这样一来，就可以安心继续进行科学研究了。

远处传来骇人的狼嚎声。

杰夫遭遇过饥饿的狼，并被迫与其发生决斗，那只壮硕凶猛的狼在与杰夫搏斗的过程中，竟然撞断了一棵小树。随身携带的手枪救了杰夫的命，那是他在战争中从一个死去的军官身边捡到的。因为担心机器人发现踪迹，杰夫埋掉了狼的尸体，从不杀生的他默默为狼祈祷一番。对他而言，相较于凶残的狼，机器人反而更可怕些。

突然间，他听到耳边传来沙沙的声响，分明是脚步声，他屏气凝神，四处查看，却什么也没发现。更奇怪的是，每当杰夫走动时，身后的脚步声也随之响起，当他静止观察，声音又消失了。

杰夫不寒而栗，他从腰间掏出匕首握在手中，以防万一。他匆忙采了些野果，在返回山洞的路上，那莫名其妙的脚步声似乎还在跟着他。

他怀疑自己耳朵出了问题，是否因为独居太久产生了幻听？

回到山洞，杰夫疲惫不堪，很快入睡。

第二天清晨，枝桠间的一缕阳光射入洞内。杰夫起床准备吃早餐，但当他走到往常就餐的大石头旁却发现，昨天采摘的野果全都不翼而飞，连个果核都没剩下！

昨晚明明把食物都放在了这块大石头上！

水也少了很多，原本有半桶清水，现在几乎见底。杰夫暗忖，难道有人进来过？满腹疑惑的他四处看看，无意间发现了地上的光脚印！

这脚印分明不是自己的。

杰夫蓦然回想起昨夜听到的脚步声，他用警觉的目光再次扫视了整个山洞，厉声喊道："你是谁？快出来！"

没有任何答复。

但杰夫却听到了急促的呼吸声。他几乎笃定这间屋子里还有其他人！

但为什么看不见这个人？难道是……

七拼八凑的记忆涌进他的脑海，他分析着不见其人只闻其声的可能性，想到了 WD 实验室曾在十二年前研制出了一件举世无双的隐形衣，在当时引起学界震动，但战争来临使这个项目没能继续下去，隐身衣也没有量产。而那件独一无二的隐形衣也最终下落不明。那么，如果身着隐身衣，"看不见的人"是可以成立的，就像现在这样，一个不明身份的，尾随他进入地下室，还偷了他的食物和水的家伙，他完全看不见。

"出来吧，我知道你在这儿！"杰夫又喊了一遍。

仍然没有得到任何回应。

但他不气馁，反倒灵机一动，从墙角拿起一根棍子挥舞起来，从山洞的这一头舞到那一头，看上去十分滑稽。

"哎呀！"忽然间，一股气流扑面而来，棍子撞到了什么，传出一声痛苦的呻吟。

"快现身吧！"杰夫停止了挥舞。

"对不起……"片刻之后，微弱的声音响起，而且是个女声。

杰夫愣了一下，他没想到是位女性。

"你是人类，对吗？"女声怯怯地说。

"是的……我是。"

"很高兴遇到你！"女声似有惊喜又很感慨。

杰夫站在原地等待。

就在他的面前，一缕细而亮的光线从洞口倾泻下来，在那道光线的照耀之下，出现了奇特的一幕：一个人凭空慢慢地出现了，先是头，接着是手臂、腰身、腿、脚，最后，女子婀娜的身体整个显现出来，她穿着沾着泥污的白色长裙，光着脚，长长的黑发遮住半边脸孔。

一个人类，一个美丽的女人。

(5) ▮

杰夫瞪大眼睛望着面前的女人，一时语塞。

女人静静站立，似乎是在给他接受的时间。

"你穿着隐形衣躲过了他们生存下来。"杰夫终于开口。

"是的。"

"你怎么找到这儿的？"

"昨晚在林子里迷路，恰好碰见你。"女人带着歉意说，"对不起，我太饿了，所以吃了你的东西……"

"你一定是渴坏了，喝掉那么多水……"

"是因为用了些水洗澡……趁你睡着的时候。"

"啊？"杰夫心里乱了一下，但很快镇定，"你为什么不早点现身呢？"

"我不确定，所以在观察你。在森博镇这个地方，很难分清机器人和人类……"

"那你接下来什么打算？"

"最近他们一直在搜捕人类，你这儿看起来比较安全……"

她说到这里，面部突然松懈了下来，声音也变得微弱，身子摇晃起来，还没等杰夫再问什么，就像完全没了知觉似地一头栽到了地上。

杰夫吃惊上前搀扶，她仰面躺在杰夫的臂弯里，眼睛微闭，发丝散乱。他拍打着她的脸庞喊着："喂！醒醒！喂！"

她双唇紧闭，一语不发，杰夫摸了摸她额头，非常滚烫。

杰夫拨开她凌乱的发丝，望着她通红的脸庞，就在那一瞬间，忽然怔住。

时隔十二年，虽然她已长大成人，但他还是想起了这张面孔。沃德省政府大楼的不期而遇，那个十五岁的少女，齐耳短发，面容俊秀，叛逆非凡，焰火般迷人的笑容，给杰夫留下了惊鸿一瞥的印象。

果真是她。

杰夫怔了许久，胸中涌动着暖流，多么神奇，在世界毁灭的尽头，他们竟以这样的方式重逢了！

"我不能走……爸爸！"昏迷中的她眉头紧锁，喃喃呓语，令人心疼。

杰夫扶她躺下，把一条浸水的手帕轻轻地放在她额头上。

黛西再次梦呓，杰夫依稀听到她说："我会活下去的……"

说完这句话，黛西终于安静下来，呼吸也变得均匀起来。

杰夫看到了黛西沾满灰尘的脚上有一处伤口发炎溃烂，便用水替她清洗，又用消毒水消毒，用洗净的布条包扎伤口。

黛西仍在昏睡，杰夫坐在一旁望着她的脸，心情复杂。独处多年，他已经很久未见人类，而此刻屋里突然多个漂亮女人，他突然有点儿尴尬，而他现在这种痴痴盯着她的样子，令他觉得自己有点趁人之危，于是想起身离去。正当他准备走开时，手被突然拉住，黛西缓缓睁开眼睛道："别走！"

杰夫愣了一下："哦……好。"

"我害怕自己一个人。"黛西松开他的手，努力支撑自己坐起来。破木板搭建的床坚硬粗糙，但即便如此，黛西仍心满意足，因为她能嗅到人类的气息，一种久违而亲切的气息。

她发现自己的伤口已包扎好，脸上露出浅浅的微笑。

"我昏睡了多久？现在什么时间？"

"呃……"杰夫从口袋里摸出一只旧怀表，瞧了一眼说："12点整。"

黛西突然盯住杰夫手中的怀表，笑容随即隐去，她不顾脚伤疼痛，起身一把夺过怀表追问道："这是哪儿来的?!"

"怎么了？"杰夫被吓一跳。

"它为什么在你这儿？快说！"

杰夫觉得莫名其妙，但还是如实回答："两年前在路上捡的，一个军官，我以为他死了，他手里死死攥着这只怀表。谁知道他还没完全死掉，他用满是鲜血的手拉住我。"

黛西听着听着，眼里噙满悲戚的泪光，拽着杰夫的衣袖说："然后呢？他有没有跟你说什么？有没有留下什么话？"

"没有，当时我很想救他，但他很快就断气了。"杰夫老老实实地说。

黛西缓缓松开手，怀表从她手中掉在了地上，骨碌碌滚出老远。那是一只产自1960年的怀表，黛西把它送给了未婚夫巴克。

黛西当时对巴克说："记住与我在一起的每一分每一秒。"

但是，他们却连婚礼都没有举行，也没能好好告别，就天人永隔了。

黛西一阵阵心绞痛，她低下头，双手捂脸，恸哭起来。

杰夫手足无措，不知该如何安慰，他猜到那个死去的战士，一定是她的恋人。

黛西哭了很久，嗓子也哑了。

"我口渴。"这是她平静后说出的第一句话。

杰夫赶紧倒水，她将整杯水一饮而尽。

"你叫什么名字？"黛西把空杯递给他。

"杰夫。"

"杰夫？"黛西觉得这个名字很耳熟，但她并没有立刻想起他是谁。

"你的名字呢？"杰夫反问她。

"我叫黛西。"

"你为什么来这儿？"

"我来见一个人。"

"谁？"杰夫很好奇，"据我所知，这儿可只有机器人！"

"我想见的就是一个机器人……但他是根据我爸爸复制的！我曾偷偷潜入过监控中心，查到了森博镇机器人的复制名单，其中一个就是以我爸爸为原型设计的，他的身份是图书馆馆长，连名字都跟我爸爸一模一样！"

"一个机器人爸爸……"

"我很想念他……"黛西失落道，"我本以为那个机器人跟他一模一样，但其实他们一点儿都不一样！那个机器人是个邋里邋遢的酒鬼，我爸爸却是了不起的英雄！"

"英雄？恕我冒昧，你爸爸是？"

"他叫霍尔，是沃德省的省长。"

杰夫恍然大悟，原来她是霍尔省长的女儿，怪不得十二年前会在政府大楼里出现！

"你父亲是个让人敬重的人。"

"可我再也见不到他了……"

"他不会走远，还活在人们的心里。"

黛西点点头，眼泪又涌了出来。

杰夫也不禁想到自己的身世，他比黛西好不到哪里去，他在孤儿院长大，出生时就没见过父母，也没人告诉他父母是谁，也因此性格孤僻，不爱社交，只有徜徉在科学世界里才让他有几分安全感。当晚，杰夫睡了一个久违了的好觉，就像汪洋中的孤舟终于抵达港湾。他触摸到自己的内心，终于能够去拥抱光明与希望。

(6) ▎

黛西醒来时，闻到了好闻的味道，她从床上坐起，看见杰夫正对着一口铁锅搅拌着什么，伴随着咕嘟咕嘟声，锅里升腾起袅袅蒸气。

黛西踮着脚走上前去，好奇问："煮什么呢？"

"蘑菇汤。"杰夫放下勺子说。

"咦，你的胡子呢？"

"刚才刮掉了。"

"这样看起来挺帅的嘛……"黛西突然呆住，"等等，你这张脸，我好像在哪里见过……"

"是吗？也许是你前世的记忆。"杰夫故弄玄虚，笑了笑说，他从锅里舀了一勺蘑菇给她看，"林子里能找到不少有趣的蘑菇，但是采摘的时候要细心，毒蘑菇可不好辨认，不过在这方面我现在是个专家了。以前也吃过苦头，我吃过一种样子很好看的伞状肉色蘑菇，中了毒，症状很奇怪，就像醉酒一样又唱又跳，最后浑身乏力倒地不起，整整昏睡了一天一夜。"

"哈哈，还有这样的毒蘑菇？那我倒是想试试，正好可以忘掉烦恼。"黛西不禁失笑。

"醒来以后的滋味可并不好受，浑身酸痛，像被人暴打一顿。"

杰夫用勺子在锅里搅动了一下，"再等 5 分钟，就可以吃了。"

黛西很久没吃上热乎东西了，这些年都是以生冷酸涩的野果充饥，她甚至去 H 区偷食过被倾倒的残羹剩饭。有 30 万人分别被关在小隔间里，他们吃一种糊状食物，就是把多种食材磨碎用水煮熟，没有佐料，非常难吃。但 H 区的犯人别无选择，想不饿死就必须吃掉。值得一提的是，森博镇的机器人吃的也是这种食物，他们可以把这种糊状食物转化成电能，当然，他们是机器人，并不在意口味。如今望着这一锅热气腾腾的蘑菇汤，黛西鼻头一酸，感到非常的满足和感动。

两天的相处，黛西对杰夫渐渐有了些了解。她因思念逝去的父亲而潜入森博镇，但杰夫却是主动来到此地，他有一项宏伟计划：还原曾经的世界！

"人类的确很愚蠢，但事情不该如此结束。"杰夫总是如是说。

刚开始黛西觉得这只是杰夫的一番空妄之言，但当杰夫带她去见识他发明的机器时，黛西惊呆了。

这东西看上去像一把医院里特大号的牙科椅，能并排躺下两人，基座的部位裸露出许多细密的缆线。

"它是干什么用的？"黛西纳闷道，"你打算用它拯救人类？"

"这是拯救人类的重要工具。"

"嗯，我的智齿也需要它。"黛西摸摸腮帮子抿嘴笑。

杰夫没笑，他缓缓说道："它是一台虫洞捕捉器。"

"虫洞捕捉器？"黛西收起笑容，瞪大眼睛重复道。

"我们用它可以回到过去。"

"可是……"黛西重新打量这台看起来笨重的机器，"它怎么能做到呢？"

"世界是四维的，"杰夫一边说一边用手比画，"简单来说，就好比你驾驶汽车向前直行和向后倒车是第一维，向左或者向右转弯是第二维，在山路上爬坡和下坡是第三维，那么时间就是第四维。宇宙万物会出现小孔或者裂缝，时间也有裂缝和空隙。这台机器能够打开一个时间的裂缝，捕捉到虫洞，带我们回到过去。当然，这需要巨大的能量才能做到，这台时空穿梭机内置了一台超级能量棒，能够产生巨大能量。不过，这台超级能量棒已经老化了，是上一代产品，所产生的能量还不够强大。如果使用 WD 实验室研制成功的新一代超级能量棒，一定会达到预计效果。"

黛西听到这里双眼发光："实验成功了吗？我们现在就可以回到过去吗？"

"事实上，我研究这台机器已经好几年了，直到上个月才取得一些进展。"

"什么进展？你去过未来或者过去了吗？"

"不，这太危险了。"杰夫笑了笑说，"我用其他东西做了实验。"

"什么东西？"

杰夫示意黛西稍等，然后跑到了洞内的一角，从箱子里拿出一个蔫了吧唧的苹果，而且被啃了一口。

"喏，就是这个。"

黛西没有伸手去碰苹果，苹果上有几只蚂蚁正在攀爬。

"一个烂苹果？"

"上个月，我把这个苹果放进机器内，设置时间是三天后的早晨，结果你猜发生了什么？三天后我真的在这间屋里找到了这个苹果！"

"你怎么能确定它就是当初那一个呢？"

"当然能确定！"杰夫斩钉截铁地说，"因为我是啃掉一口后放进去的，上面还有我的牙印！"

黛西惊愕中带着钦佩，她有点相信杰夫的话了，毕竟他没有必要在这种时候骗她。可他是什么人呢？怎么会这么厉害？他在科研方面的自信力，以及振振有词的样子怎么那么眼熟？电光火石般的记忆在黛西的脑海中翻腾闪回，突然间，杰夫这个名字蹦了出来，她激动地指着他，惊讶地叫了一声："天哪，原来是你！"

"你说什么？"杰夫有点摸不着头脑。

黛西兴奋地抓着他的胳膊说："你是那个特别帅的科学家！我见过你！"

杰夫愣了一下，释然地笑了："你终于想起来了啊！"

黛西呆住："怎么？你一早就知道我是谁了吗？"

"是的，比你早一点知道。我还记得你十五岁时候的样子。"

"十五岁？十二年前了！"

在失去父亲和巴克之后，黛西曾觉得世间再没有温暖可言，也无任何期待，她就像伶仃孤独的行尸走肉，心如死灰，但此时此刻，望着杰夫温暖的微笑，这来之不易的重逢，这奇妙的缘分，让她万分欣喜而激动。

"咳咳……"看着黛西这么怔怔地望着自己，杰夫有点不好意思起来，于是岔开话题，"这台机器我已经研究了很多年，起初我也觉得希望不大，因为，要捕捉到可用的虫洞太困难。"

"你的烂苹果实验不是成功了吗？"黛西笑嘻嘻地问。

"苹果毕竟不是人，如果换了人的话，会有风险。"

"动物呢？"

"迫不得已，我用兔子做了实验，设置的时间是五天后。按下启动按钮后，我只好替那只兔子祈祷了。"

"结果呢？"

"五天后，我见到了那只兔子。"

"成功了？"黛西瞪大了眼睛。

"兔子死了。"杰夫叹息道。

"死了？"黛西忧心地皱起了眉头。

"是的，所以我很担心。一定是因为能量棒功率不够。"

"你不是说新的能量棒已经研制出来了吗？"

"它存放在 WD 实验室里。"

"如果把它安置在这台虫洞捕捉器里面，我们就能回到过去了吗？"

"一定能！"

"那就去找啊！"

"可我们困在森博镇，WD 实验室在北岛市，中间隔着大海，想去那儿可不容易。先养好你的伤吧，然后再想办法。"

"那么……"黛西问道，"除了指望这台机器，还有没有别的办法？"

杰夫想想说："你知道 VIC 系统吗？"

"知道，父亲提起过，是 VIC 系统生成了 VIC01。"

"VIC01 呈现了 VIC 系统邪恶的一面。据我了解，VIC 系统本身并不完全是罪恶的。VIC01 妄图统治地球，这也不是 VIC 系统的初衷。"

"所以你的意思是，我们可以借助 VIC 系统来对抗 VIC01？"

"没错！"杰夫为黛西的聪明感到兴奋，"但是 VIC 系统的主机也在北岛市。"

"啊？"黛西有些气馁地说，"那不等于没说嘛！"

"我此前还曾想到利用森博镇的机器人来实现目的。他们似乎很通人性，如果能想办法让他们了解真相，揭竿而起，我们也许能够趁乱逃走。不过，我对鼓动他们没把握，担心打草惊蛇。"

"好像都挺难的。"黛西摇头叹息说。

杰夫将双手放在黛西肩头："尽管如此，我们还是要有信心，如果自己都没信心，即便机器人不来攻击，命运也会毫不留情地抛弃我们！现在你不再是一个人了，我们可以并肩作战。我们利用时空穿梭机回到原来的世界，找到曾经的亲人和朋友！我会让你见证这一切的！"

黛西望着眼前这个比自己高了一头的男人，有那么一瞬间，她想起了那个阳光灿烂的午后，她站在卧室的窗户边望着他的背影，对他吹口哨。时光将他们分别雕刻成了现在这个样子。黛西的心中不由自主地开始呐喊，那是她曾遗失的力量和勇气，她能感觉到那股巨大的能量正从四面八方汇聚而来。

(7) ▌

虽然意志上已有改观，但黛西的身体状况却越来越差，由于气温升高，伤口又恶化了，伴随持续的高烧，烧到唇舌干裂，浑身瘫软。

"必须要用消炎药和退烧药……可我这儿什么药都没有。"杰夫查看了她脚上的伤口，焦灼地说。

"那怎么办？"黛西有气无力地问，"我会死吗？"

"当然不会！别瞎说！"

"可我觉得很难受，浑身像被火烧一样。"

"你怎么受的伤？"

"我夜里潜入图书馆，被一只老鼠夹弄伤了脚，差点被人抓住。"

"那么远的路，难道你带伤徒步走来的？"

"不是，"黛西昏沉沉地说，"我穿着隐身衣偷偷爬进了一辆汽车的车尾，那辆车走了很远的路。坐在汽车上的是一对男女，他们发现了我，我逃走了，在森林里迷了路……"

"他们是机器人吧？"

"是的，我在汽车后座听他们讲话，他们好像对自己的身份起了疑心。"

"怀疑自己的机器人身份?"

"他们还一直在谈论一本书……"

"什么书?"杰夫追问。

"好像是叫……《需想》。"

"终于发现了!"杰夫惊喜道。

"发现什么?"黛西不解。

"这可是个好消息……"杰夫看了看黛西脚上的伤口说,"你在这儿等着,我出去给你找药去!"

"去哪儿找?"

"森博镇西区有一座小型制药厂。"

"制药厂?"

"那些住在东区的机器人,朝九晚五去工厂上班,为 H 区的在押人类生产一些基本的生活用品,包括药品。"

"那里一定是戒备森严,现在去很危险!"

"危险也得去! 你的伤病不能再拖延时间了。"杰夫坚定地说,"我现在就去!"

黛西一把拉住了他的胳膊说:"如果非要去的话,带我一起走,我不想一个人待着!"

杰夫本要拒绝,但他想到连日来警察在森林里搜寻人类,这个山洞也并不安全,如果他们一旦找到黛西,腿脚不便的她连个帮手都没有,后果不堪设想。

望着黛西眼中莹莹的泪光,杰夫决定带她一起上路。

森博镇的格局很简单,分为西区和东区,西区矗立了工厂、大型超市、图书馆等建筑;东区是许多独栋的住宅。森博镇以南有一条公路直抵海岛南端,与沃德省大岛相望。杰夫和黛西所在的山洞,就在这条公路的沿途,距离森博镇中心大约 10 公里。

天快亮的时候，他们抵达小镇东区一片住宅中间，正当他们穿过街巷，准备往药厂方向走去时，前方突然传来一阵隆隆声响，杰夫和黛西连忙躲起来探头观望。

一辆巡逻车缓缓开过来，发出引擎减速的低鸣声。坐在副驾驶的是博格警官，他正四处张望，像是在寻找什么。

眼看他们就要过来了，情急中黛西发现有一户居民的车库门半掩着，她熟悉这地方，曾在这儿躲避过。于是她拽了拽杰夫的衣角，小声说："我来过这儿，跟我来。"

杰夫跟黛西悄悄溜进车库，躲在一辆破旧的汽车后面。黛西腿脚不灵活，不慎碰了一下摇摇欲坠的汽车后视镜，后视镜竟然掉了下来，在安静的清晨发出清脆刺耳的响声。

巡逻车停了下来，博格警官打开车门，朝车库走来。

"糟糕！"杰夫小声说道。

"这个车库通向地下室。"黛西很笃定地说。

他们打开车库的暗门，蹑手蹑脚沿着阶梯走进地下室，里面堆放了许多杂物，看上去像是居住多年的家庭积攒下来的，但这些机器人居民怎么会明白呢，他们降临到这个世界上，不过才短短几个月而已。

博格警官环顾四周，捡起掉落在地的汽车后视镜瞧了瞧，对身边的年轻警员说道："加大监视力度，但不要打草惊蛇。"

"是，长官。"年轻警员应和道。

"走吧。"博格警官把后视镜轻轻地安回了远处，并且对着镜子整理了一下警服。

杰夫看楼上没了动静，就扶黛西坐下，解开她脚上的绷带，查看伤势。正当他们都松了口气，以为终于安全的时候，地下室的门突然传来锁孔转动的声音，门随即被打开了。

由于事发突然，杰夫和黛西根本来不及藏身，只好面对。杰夫

127

随手掂起了手边的一根棒球棍，以备不测。

一个二十来岁的年轻人愣在了楼梯上。

"你们是谁?"他十分惊愕，"你们怎么进来的?"

"山迪?"黛西冲男孩说道。

"你认识我?"山迪好奇地问。

杰夫举着棒球棍愣在原地。

"几天前，我搭过你的车。"黛西说。

山迪看到了黛西受伤的脚，突然想起了什么："你是……你是那只脚?!"

"是的，那是我的脚。"

"可为什么我只能看到你的一双脚？难道……你真是幽灵?"

黛西苦笑道："你看不到我，是因为我穿了隐形衣。"

"隐形衣?"

"以后我会慢慢跟你解释清楚……你能暂时让我们躲在这儿吗?"

"为什么要躲起来呢?"

"因为有人在追杀我们。"杰夫按住黛西的肩膀，抢话道。

(8)

森博镇医院。

蓓姬望着坐在医生面前的山迪，忐忑不安。

山迪把受伤的胳膊伸到医生面前，上面被划了一道细小的口子，渗出的血迹已经干涸。

"你是怎么受伤的?"医生一边端详着伤口，一边问山迪。

"摔倒划破的。"

"伤口挺深，下次可得小心点。"

"谢谢，我知道了。"

医生对伤口进行了非常细心的缝合和包扎后，叮嘱道："记得两天后来换药。"

"我能不能自己给自己上药?"

"为什么呢?"

"因为，我一来到医院，就……特别紧张。"

"紧张?"

"紧张得要命!"山迪做出一副害怕的表情。

蓓姬也不解地望着山迪。

"我担心你自己弄不好，万一伤口感染可不是闹着玩儿的。"医生道。

"那么……"山迪连忙问，"如果伤口感染了，我该怎么处理呢?"

"有一种方法非常简单，"医生在一张纸条上写着什么，"调和300毫升盐水，注入容器，给容器加热，让蒸汽对着化脓的伤口蒸大约3分钟，每天两次，一般两天化脓现象就会消除，伤口也会很快愈合。"

"好的，谢谢您!"山迪高兴地道谢，起身便要走。

"你确定要自己完成?"医生不放心地说，"小心别烫伤自己。"

山迪看看身旁的蓓姬说："我女朋友心灵手巧，有她帮我，您放心吧!"说罢就要拉着蓓姬走。

"等等，这是给你开的口服药。"医生将纸条递给山迪，指着走廊尽头说，"去那边第二个窗口取药。"

"非常感谢!"

出了医院，蓓姬还是有点六神无主，她没想到自己会看到那么恐怖的事，本来是去山迪家探望他，却亲眼看到他用美工刀划伤胳膊，她吓得几乎跳起来，连忙阻止，但来不及了……

山迪对此没有多加解释，只求她配合他在医生面前撒谎……蓓姬从未撒过谎，所以从医院走出来后，十分慌张。

望着眉头紧锁的蓓姬，有那么一瞬，山迪想把秘密全盘托出，但他想起杰夫的再三叮嘱，就又把到了嘴边的话咽了回去，只能宽慰蓓姬道："相信我，我们是在做一件好事。"

"我想不通……有什么理由能让你伤害自己？"

"以后我会告诉你的。"山迪握紧手中的药袋说，"你先去学校，我们稍后在学校见。"

蓓姬虽然担忧，但没再询问，独自一人向学校走去。她似乎总是不由自主听从山迪的建议。

山迪飞奔回家，父亲已经上班去了，他悄悄地溜进地下室，在门上轻轻地叩了两下，片刻之后再轻叩三下，这是杰夫跟他约定的暗号。地下室的门打开了。

杰夫让黛西服药后躺下。山迪准备尝试从医生口中听到的土方法，给一个玻璃容器加热，器皿中的盐水正咕嘟咕嘟冒着泡。

"来，把你受伤的脚抬起来。"山迪说。

黛西听到自己的肚子在叫，她舔了舔干涩的嘴唇说："我很饿。"

"厨房里有营养剂。"山迪说。

"我可以吃一点吗？"黛西想到营养剂很难吃，但也没办法，这两天由于伤痛一直没胃口，这会儿终于感到饿了。

"你先负责她的脚伤吧。"杰夫说，"我去厨房找营养剂。"

杰夫说罢出门离开。

山迪把黛西受伤的那只脚抬起来，轻轻放在器皿上方，由于没有支点，他只好一直举着脚。

"烫吗?"

"有点。"黛西咬着嘴唇说道。

"忍忍吧，3 分钟就好。"山迪笑笑说。

就在此时，地下室那扇虚掩的门突然被人推开，发出很大的声响，山迪和黛西吓了一跳。

"蓓姬?"山迪惊讶地抬起了头，手中还握着黛西的脚。

蓓姬呆立在楼梯口，瞪大眼睛望着眼前的一幕。

(9)

蓓姬望着黛西受伤的脚，以及桌上的药品，似乎明白了什么。

"你是故意弄伤自己，就是为了她?"

"蓓姬，对不起……"

"她是谁?"蓓姬指着黛西问道。

山迪惊慌失措，不知如何解释:"呃……她是……"

黛西的惊讶程度不亚于蓓姬，因为眼前这个名叫蓓姬的姑娘看起来很眼熟，长得很像一个她不愿回想起来的人。

苏菲!

没错，像苏菲，只是比当年看起来要年轻。12 年前欧德工厂那个雨夜，苏菲被凯希杀死，她那双瞪大了的眼睛，与眼前的蓓姬简直一样。多年前的阴影令黛西一阵不适，脑海中那已经几乎抹掉的画面，如同快速剪辑的镜头一样闪现叠加起来。

黛西努力让自己平复下来，她告诉自己，蓓姬一定是以苏菲为原型制造的机器人，是森博镇的一个试验品，与苏菲本人没多大关系。

"我叫黛西，请不要误会，我和我的朋友在这里只是暂时躲避，有人正在追踪我们。非常抱歉打扰你们！"

"你还有个朋友也在这里？"

"是的，他帮我找食物去了。"

说话间，杰夫推门而入。

见杰夫来了，山迪连忙解释："看来我们要彼此重新认识一下。这位是杰夫，这位是蓓姬……我的女朋友。"

杰夫和蓓姬面面相觑，机器人居然真的在谈恋爱，瞧瞧山迪窘迫的样子也能看得出来。

"你好。"杰夫冲蓓姬点了点头。

"他们不是坏人，他们只是遇到了困难。"山迪解释道。

"困难？"蓓姬摇了摇头，"他们是从哪儿来的？为什么躲在这儿？"

"你能保证她不会出去乱说吗？"杰夫说。

"她不会乱说的！"山迪保证道。

"山迪你跟我出来。"蓓姬终于忍受不了山迪的一再隐瞒和自作主张，"我们去外面说，我需要你解释清楚！"

"不，你们现在不能出去！"杰夫连忙说。

"为什么？"蓓姬问。

此时，躺在弹簧床上的黛西发出虚弱的声音："你们被监控了，你们现在出去，他们就会发现我们的。"

"什么？监控？"山迪摸不着头脑。

杰夫走到楼梯旁的排风口位置，冲山迪和蓓姬招手："过来看。"

山迪和蓓姬凑过来，透过细密的百叶帘，能看到外面的街道。

杰夫指着街道说："看到那些路灯了吗？灯柱中间有一个小小的突起，就是那个红色的亮点，隔一会儿会闪烁一下，那代表着一个摄像头。背后有那么一群人，每天都在监视着你们。确切地说，是监视着小镇上每一个人。"

山迪和蓓姬觉得不可思议。

"怎么可能，别人为什么要监视我们？"蓓姬不解道。

杰夫觉得千言万语无从说起，犯愁如何能让他们能尽快了解事实真相。

"你们见过电视机吗？"杰夫问山迪和蓓姬。

"一种有显示功能的机器，可由电视台传送可视节目。"山迪答道。

杰夫很吃惊，因为据他的了解，森博镇是没有电视机的。

"你怎么知道？"杰夫问。

"在一本书上看到过。"

"什么书？"杰夫瞪大眼睛问。

"名字叫《需想》。"

"哈哈，好办了！"杰夫兴奋起来，"书是你们从一个金属盒子里找到的对吧？"

山迪和蓓姬连忙点头。

"这本书……"杰夫拖着长音说，"是我放在那里的。"

"你放的？"黛西、山迪和蓓姬异口同声道。

"没错，而且，我在森博镇不同的地方放置了 12 本一模一样的书。"

"你为什么要这么做？"山迪问。

"为的就是让你们有一天发现它，阅读它。"

"可它实在不好懂，是用埃及文写的。"蓓姬插嘴道。

"我也不希望是埃及文，它是我在 H 区的一间资料库里找到的，没有别的选择。"

"H 区是什么地方？"山迪不解道。

"先不管 H 区……"杰夫深吸一口气说道，"我要告诉你们一个也许你们无法接受的事实……"

杰夫顿住了，一时间无法开口，他很难想像山迪和蓓姬如果知道这个惊天的秘密，会有怎样的反应。

"什么事实？"蓓姬问。

"别再吊我们的胃口了！"山迪催促道。

"你们……"杰夫顿了顿说道，"不是人类！"

"你说什么？"山迪不明白。

"我们不是人类？"蓓姬问，"那我们是什么？"

"机器人。"杰夫说。

"机器……人？"山迪喃喃地重复道。

"对，机器人！"杰夫接着说，"人类是血肉之躯，有喜怒哀乐，七情六欲，还有灵魂……而机器人呢，它们的本质是一台机器，只不过智能接近人类。当然，外表也跟人类很像。"

杰夫关于机器人的描述，令山迪和蓓姬觉得犹如天方夜谭，他们并没意识到机器人跟当下的自身有何关系。蓓姬忍不住问杰夫："你兜了这么一大圈，是想说咱们不一样？"

"我已经说过了，你们不是人类。"杰夫指了指通风管外，"不只是你们，森博镇上所有的居民都是机器人。"

"别开玩笑了，一点都不好玩。"山迪脸上浮现出拆穿对手谎言的得意表情，指着自己缠着纱布的手臂说，"我的手臂刚刚流血了，蓓姬可以证明，医生还给我包扎了伤口！"

蓓姬经他这么一说，忙不迭地点点头："是的……我可以证明！"

"我们能够流血，是血肉之躯，是和你们一样的人类！"山迪说。

"流血只是表面假象。"杰夫说，"你们装备了生化肌肤，拥有和人类一样的皮肤组织，有血液循环，但骨骼、内脏器官以及最重要的大脑，都是高科技材料制成的。就如我刚才所说，表面像人类，但其实是一部高性能的机器。"

"我想您一定是疯了，您能收回上述言论吗？告诉我这不是真的！"蓓姬情绪激动起来。

"事已至此，我只能告诉你们真相，我知道你们是无辜的。森博镇建成不过几个月而已，你们也只是才刚刚出厂几个月的机器人，你们脑海中所有的记忆，都是事先设定好的数据，是故事脚本，所以你们才会坚信自己是人类，但事实上，你们是试验品，森博镇也只是个试验基地。刚才提到的 H 区，是关押人类的地方，机器人残酷地杀害了人类，我和黛西，都是逃生的人类。"

"没错，我们逃到了这里。"黛西补充道，"机器人摧毁了人类世界，又建立了森博镇这个鬼地方，让你们成为人类的复制品！森博镇就像一个舞台，你们是一群演员，按照写好的剧本在演绎人生。你们是受害者！"

杰夫接过话茬说："而你们在《需想》中看到的世界，才是原本的人类世界。"

山迪和蓓姬怔怔地听着对面两人的讲话，眼前的一切令他们措手不及，正在他们慌乱和迷惘的时候，外面传来一阵凌乱的脚步声。

"有人来了！"黛西提醒道。

杰夫立即走到百叶窗旁，看到街道上有七八个警察在跑动。

"我认识他，是博格警官！"山迪凑上来说。

"他们是冲我和黛西来的。"杰夫说，"但是你们也会被牵扯进来。"

蓓姬瞪大眼睛，拽着山迪的胳膊，茫然无助地问："如果被抓到的话，他们会把我们怎么样？"

"后果很严重！"杰夫说，"我和黛西肯定会被投放到 H 区，或者被杀死。而你们会被清除大脑芯片数据，失去记忆，你们将变成一对陌生人。或者……为了保险起见，有可能被销毁。"

蓓姬战栗起来，山迪攥紧了她颤抖的手，试图给她力量，但他自己也很紧张。

"没时间了，赶紧离开这儿！"杰夫提醒道，"你们想好了吗？是跟我们一起走，还是留下来？"

山迪和蓓姬对视一眼，虽然他们并不能完全接受杰夫刚才所说的真相，但目前看起来也别无选择。

"一起走！"山迪说。

"那就立刻行动！"杰夫转身背起黛西，山迪和蓓姬手拉手，四人一起走进车库。

嘭！一声巨响，汽车撞开了车库大门，驶上了街道。

正在朝山迪家的房子围过来的警察们吓了一跳，纷纷避让。

博格警官见状连忙喊道："快追！"

三辆警车立即鸣笛追逐。

杰夫驾驶汽车，山迪坐副驾驶，蓓姬和黛西坐在后排。杰夫将油门踩到底，排气孔噼噼啪啪地冒着蓝色的火焰，飞速向前驶去。

警车抄近道从前方拦截了杰夫的车。

砰！砰！砰！

博格警官的手枪射出三发子弹。

就在子弹发射的瞬间，山迪对蓓姬喊道："快趴下！"

一枚子弹击穿了挡风玻璃，留下一个蛛网形的弹孔。蓓姬心有余悸地看了看自己，发现自己安然无恙，但当她转头望向山迪的时候，不由地当场呆住。

那枚子弹击中了山迪的胸口，并在他的胸前形成一个黑黑的洞。

时间仿佛在这一刻凝固了。

"山迪！"蓓姬颤抖地指着山迪的伤口喊道。

　　在骇人洞口内，渗出些许血液，但是，没有骨肉分崩，当然，也没有死亡，只是露出了闪动着光斑的金属，以及一组细密的电路板。

　　山迪看了看自己的身体，又抬起头来，与蓓姬悲伤地对望了一眼，流露出只有彼此才懂的绝望眼神……

第六章 使命

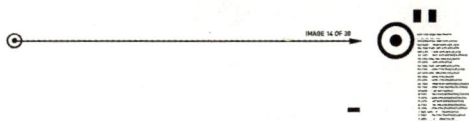

（1）

VIC01 的办公室。

VIC14 和 VIC25 站在 VIC01 的对面，气氛严肃。

"抓到没有？" VIC01 神情冷峻。

"抱歉，没有。" VIC14 身体微微前倾汇报。

"居然从你们眼皮子底下逃走了？" VIC01 颇为恼火，"他们是什么人？"

"那个男性人类名字叫杰夫，三十七岁，科学家，非常狡猾，多次逃过我们的追捕。女性人类名叫黛西，二十七岁，是原沃德省省长霍尔的独生女。根据 DNA 比对测试，她就是图书馆幽灵事件里的那个'幽灵'。" VIC14 说。

"原来如此。" VIC01 回想起黛西十五岁生日晚宴发生的事。

"他们能逃脱追捕，是因为两个机器人的帮助。" VIC14 说。

"两个机器人？" VIC01 纳闷道，"谁？"

"山迪和蓓姬，森博镇里重要的两个监视对象。" VIC25 说。

VIC01 愣了片刻，他怎会不知道这两个人呢，毕竟他们是根据维克和苏菲的原型复制的。他冷笑着说："你的森博镇的确不同凡响，他们越来越像人类了！"

VIC14 说："川格岛南部区域的监控设备不足，我怀疑他们长期藏在那里。您放心，根据山迪和蓓姬体内植入的定位器，我们很快就能追踪到他们！"

"好！"

"杰夫和黛西，您已经下达了格杀勿论的指令，但是……两个机器人应该如何处置？"VIC14 问。

VIC01 陷入短暂的沉思，很快，他的脸庞再次浮现出冷漠和决绝的表情，下命令道："不留活口！"

VIC25 连忙劝说："也许我们还有别的办法……"

"我已经决定了！"VIC01 打断 VIC25 的话，"好了，你们都出去吧。"

VIC25 和 VIC14 领命离开。

VIC01 阖上双眼长久地倚靠在椅子里。

(2)

深夜，通往川格岛南部的公路漆黑一片，两旁是望不到头的森林。森林一如既往的静谧，偶尔有猫头鹰在枝头低鸣两声。

杰夫栖身的洞内还亮着灯光，除黛西之外还有新成员山迪和蓓姬。这儿是他们唯一的藏身之处，但也并不十分安全，杰夫认为机器人警察早晚会找到这里。

山迪的身体依旧还烂着那个洞孔，时不时还会崩出火花，发出刺啦刺啦的声响，看上去非常骇人。

"现在要剔除你们体内的定位器。"杰夫说。

"定位器？"山迪和蓓姬异口同声。

"你们体内安置了定位器，如果不剔除，就会被追踪到。"

杰夫用匕首剔除了山迪和蓓姬安装在腋下的定位器，又对山迪的枪伤做了简单修补。

"现在我们安全了吗？"蓓姬问。

"我们必须转移。"杰夫答道，"也许我们已经被发现了。"

"去哪儿？"山迪问。

"至少要离森博镇更远一些，去更远的地方才能跟他们继续周旋。"

"你刚才朝那些机器人警察扔了一个什么东西？搞得我头很晕。"山迪问。

"我刚才也一下子看不清东西了。"蓓姬补充道。

"磁暴手雷，会产生强烈的电磁脉冲，破坏周边的电子设备。这种武器是和机器人交战的晚期才被运用到战场上的。它最大的好处是不会对人类造成伤害，却能使机器人体内的电路板发生故障。所以刚才你和蓓姬会有不适反应，而我和黛西就没事。我从战场上拣回三颗这种手雷，它救过我的命。"

"就是它吗？"山迪指指杰夫腰间别的一个橄榄形的黑色物体。

"嗯，最后一颗了。"杰夫摘下手雷，"你瞧，这里有个拉环，拉掉它丢出去就可以了。机器人的大脑芯片就会烧坏。"

"那代表什么呢？"蓓姬问道。

"就是说……死了。"杰夫说。

"死亡？"山迪问。

"也就是从世界上消失。"黛西补充道。

蓓姬和山迪陷入了遐想，对他们而言，那是未知的状态。

黛西的脚伤有了好转，化脓的伤口已经结痂。胃口也开始变得出奇的好。

"幸好我还有储备。"杰夫把一盒水果罐头递给黛西。

"这个好东西怎么我当初没找到？"黛西惊讶道。

"当初被你发现的话，现在你就没得吃啦！"杰夫哈哈大笑。

黛西冲杰夫吐了吐舌头。

蓓姬惊讶地望着黛西往嘴里塞那些颜色鲜艳的小丁块，看她咀嚼得津津有味，就忍不住问："你在吃什么？"

黛西想到他们没吃过这类食物，就解释道："这是水果，营养丰富。"

蓓姬和山迪没听过水果这个词。

"尝尝？"黛西用小叉子插了一块苹果布丁递给蓓姬。

蓓姬用嘴接住，咀嚼几下咽了下去，面无表情。

机器人只有简易的胃部消化食物，用以给肌肤提供营养，当然更重要的是将食物转化为电力驱动身体。电力不足时，大脑芯片会释放信号驱使他们进食，吃那种订制的膏状食物。

杰夫趁机讲起课来，从食物引申到人类的方方面面。

"和人类最大的不同是……你们的容貌不会随着时间的推移而改变，也没有寿命的困扰。但人类会衰老，会有皱纹和白发，有一天会老化死去。目前人类平均寿命是93岁，而你们，只要注意保养和维修，理论上将拥有无限的寿命。"

"我为什么会记得自己的童年？小时候爸爸教我骑脚踏车，还有带我去郊游的场景。那些记忆很真实。"山迪问。

"那都是假象，是从过去人类的生活片段里截取的资料，是事先设定好的故事。"杰夫解释道，"机器人可以被复制，但人类的每一个体都是独一无二的，即使是双胞胎，也会有不同的思维，不同的情感体验。人类从出生到死亡，要经历牙牙学语的幼儿阶段，从童年到少年，从少年到青年、中年，然后再到老年，最后死亡。这一切变化，在你们身上都不会发生。"

山迪和蓓姬知道，他们是科技产物，没有生命。从今往后，他们眼中的世界不一样了，过往是一场虚空，未来也不可预见。

(3) ▌

"机器人是经过多重工序制造出来的，那么人类呢？人类是怎么来的？"

第二天，天蒙蒙亮，蓓姬蹲在洞口观察两只刺猬，一只雄性刺猬绕着一只雌性刺猬兜圈子，按照顺时针方向已经连续绕了 20 分钟了。蓓姬从洞口回到洞内，向杰夫请教了上述问题。

杰夫愣了一下，没有立刻回答，他在思考着要如何说起。

倒是黛西立即回答了蓓姬的提问，她说："人类的男女如果喜欢上了对方，有可能会结为夫妻，然后生育孩子。"

"孩子是怎么生育出来的呢？"

"呃……"

望着他们纯真求知的样子，杰夫索性以科学角度解释道："生命降临是件很奇妙的事。相爱的男女赤裸相对，他们身体的某个器官交合，之后男人的精子会进入女人的体内，与女人身体里的卵子相遇，形成受精卵，受精卵在女人的子宫内成长为胚胎，胚胎历经十月孕育，最后被女人分娩出来，孩子就来到了这个世界，男人和女人就是孩子的爸爸妈妈。"

"看起来妈妈比爸爸辛苦。"蓓姬说。

"妈妈会因为生育一个孩子而腰腹变大，身材臃肿，行动不便。怀孕是一件艰难又幸福的事，有的母亲甚至……"黛西说到这儿，突然有点难以自持，"甚至会因为要把孩子带到这个世界上而丧命。"

杰夫注意到她眼中噙着泪水，担心地问："你没事吧？"

黛西抬起头，擦掉眼角的泪水，心痛地说："事实上，我没见过我的妈妈，我的生日，就是她的忌日……她是因为生我才去世的。"

黛西的这番话，令大家很震惊。蓓姬心中感叹母亲的伟大，以及生命传承的神圣。她非常神往人类的家庭和婚姻，甚至还情不自禁用手摸摸自己的肚子，但她同时也遗憾地明白，她根本不可能成为妈妈，这令她非常伤感。

杰夫和黛西去附近勘察道路，山迪和蓓姬在洞内留守。

"我觉得他们不同于其他机器人，与人类难以区分。"黛西站在一个不大的湖边对杰夫说。

杰夫拾起一粒石子打起水漂，石子在平静的水面上连续跳跃了六下，坠入湖底，湖面荡起一串涟漪。他拍拍手说："他们拟人程度很高，可以不断学习和完善情感系统，从思维的角度来看，的确和我们没什么区别。"

"说实话我很惊讶。"黛西深受触动地说，"否则他们不会一再出手帮我们。想想看，山迪还因为我们中枪。"

"这种精神即便在人类身上也是非常可贵的。"

"而且，他们也的确像是一对恋人，非常相爱。"黛西说罢脸却红了。

杰夫看着黛西脸红的样子，心里也不禁起了波澜。

黛西却被眼前一条很粗的排水管道吸引住了。管道正在汩汩地向外排放森博镇经过净化处理的工厂及生活用水，它们最终流向大海。

"下水道！我想起来了，有一条秘密通道，也许可以带我们离开这里！"黛西兴奋地说。

"秘密通道？"

"就在森博镇那间大型超市下面，有个车库，可以进入下水道……那里的下水道宽敞高大，就像地铁隧道一样。"黛西边说边想，"有个带百叶窗的通风口与管道相连……但百叶窗被焊死了。"

杰夫提醒道："森博镇所在的川格岛与大岛是隔海的，但有海底隧道相连。战争开始后的第三年，我从海底隧道来到川格岛，但后来海底隧道两端的入口实施了最严格的安全检查，想进去几乎是不可能的。"

"可以的，下水道与海底隧道有一个交汇处，它们是相通的，而且可以绕过检查站。监控中心有整个森博镇的工程规划图。我穿着隐身衣偷偷进去看到过。"

"你看得懂工程图纸？"

"我选修过城建课程，父亲对我期待很高，曾希望我在城市规划建设方面有所造诣，不过我对这些兴趣不大，后来就转系学音乐了。"

"还专门学过音乐？"

"我的钢琴水平可是专业级别。"黛西自豪而俏皮地说。

"没想到啊……"杰夫惊叹道。

"哼，别小看我！"

"我可不敢小看你，千金大小姐。我只是希望尽快逃出这里，完成使命……然后有机会听你的钢琴演奏会！"杰夫笑着说。

"一言为定！"

黛西觉得心底注入一股暖流，那是她从前跟巴克在一起时的感觉，充满了甜蜜和信任，俗常琐碎的小事，都让她深感弥足珍贵。因为杰夫的陪伴，黛西开始找回往日的明朗和自信，父亲和巴克的去世而留下的伤口，也正在神奇般地愈合……

(4)

焊死的百叶窗没想象中那么结实，杰夫用一截金属管撬开了它。

一行四人沿着昏暗污浊的下水道前行了1小时，才找到海底隧道入口。隧道非常壮观，由六边形框架编织而成的玻璃拱顶看上去很像蜂巢，透过拱顶可将海底景色尽收眼底。沙丁鱼成群地飞速游动，不时亮出它们银灿灿的肚皮，巨大如核潜艇般的抹香鲸幽幽而行，发出尖锐嘹亮的叫声。隧道里有四条南北通行的轨道，不时有自动行驶的列车呼啸而过，杰夫他们不得不四处躲避，以免被高速行驶的列车撞到。

沿隧道向南行走4小时，终于来到沃德省首府北岛市。杰夫用力推开一处井盖，探着脑袋发现他们恰好位于繁华的市中心，离曾经的省政府不远。

刺目的太阳在当头闪耀，天空很蓝，银灰色的建筑错落排列，马路上和半空中飞驰着陆空两用汽车，街道上和人类相差无几的机器人面无表情地赶赴目的地。

眼前这个北岛市看起来陌生而疏离。

"他们都不是人类?"黛西望着来来往往的机器人，嗅到了危险的味道。

"整座城市估计就只有咱们两个人类。"杰夫说。

山迪和蓓姬面面相觑，他们从未去过森博镇以外的地方，同样一脸惊讶。

"跟我来吧!"杰夫说。

"去哪儿?"黛西问。

"一个老地方。"

　　他们混迹于机器人中间，穿过两个街区，来到了一座红砖砌成的古旧建筑旁，这幢 13 层高的大楼外表甚至有战争时期留下的弹坑，与周围其他建筑格格不入。

　　"这是什么地方？"黛西问。

　　"VIC 系统的主机就封存在里面。"杰夫说。

　　"怎么会存放在这样一个破旧的地方呢？"

　　"VIC 系统如同下野的总统，而且和现任的总统 VIC01 政见不和，你觉得，它会被安置到什么好地方？"

　　"那 VIC01 为什么还要留着它呢？"

　　"VIC 系统是机器人世界的母体，有着崇高的地位，却被 VIC01 当作傀儡，每当执政有阻力的时候，他就搬出 VIC 系统来力排众议。"

　　"原来如此。"黛西若有所思，"你怎么知道这个地方？"

　　杰夫俯视地面，地上刻满了古老字符，想到世界各国的科学家曾汇聚此地的繁盛景象，感到很心酸，他说："几年前我曾作为特邀嘉宾，来这里开过科技大会。"

　　"我们现在进去？"

　　杰夫望了望门口说："有门卫把守，我们得想想办法。"

　　"我进去吧，我有隐形衣！"黛西说。

　　"你自己去太危险了。"

　　"只有我能穿得下这件隐形衣，你个子那么高，遮不住的。"

　　"可是……"杰夫还真的一时没了别的办法。

　　"听我的，穿着隐形衣东躲西藏的事情还是交给我吧。我经验比较丰富。"

　　"那好吧，"杰夫说，"VIC 系统由你来谈判。离这儿两公里是 WD 实验室的旧址，超级能量棒就在那里。你尽快出来，我们在外面等你，下一站咱们一起去 WD 实验室。"

"放心吧!"黛西从背包中掏出隐形衣,披在了身上。

"一定要小心!"杰夫抱了抱黛西。

"好的!"黛西半蹲身体,使隐形衣盖住脚面,按下了隐形衣的启动键,她顿时在杰夫面前消失了。

两个机器人门卫没有发现黛西的踪迹,她小心翼翼地迈着步子溜进大厅,厅内光线昏暗,整幢建筑物还呈现出数十年前的风貌,青砖铺就的地面和木质的大门,饱含沧桑。虽然黛西并不了解那个时代,却被扑面而来的岁月质感打动了,特别是大厅中央摆放着一尊霍尔省长的铜质雕塑,雕塑斑驳破旧,面部似遭到毁坏,鼻子的部位缺了一块,但他那坚毅的眼神看起来依然是炯炯有神。黛西呆立在塑像前,眼里涌出了酸涩的泪水。她用手抹去眼泪,心里明白,唯有完成任务,才能了却父亲的心头之恨,才能替父报仇。

黛西并不知道 VIC 系统的主机究竟在哪个房间,只好一层一层排除,直到她来到第十三层,电梯间正对面的一个房间,她从门外听到室内似有嗡嗡的电子设备运转的声音,于是她轻轻地拧开了门把手。

一个男人坐在屋内正中央,背对门口,似乎是睡着了。

黛西先是吓了一跳,第一反应想夺门而逃,但又很快镇定下来,询问道:"你……你是谁?"

椅子上的男人并没有转过身来,依旧保持着原来的坐姿,缓缓说道:"我是 VIC 系统,或者叫我维克。"

"维……维克?"黛西又惊又喜,她关掉了隐身衣,显出了自己的身形,说道,"可你不是已经死了吗?"

"你说得没错,"椅子突然旋转过来,"我已经死了。"

坐在椅子上的这个人的确和曾经的维克长得一模一样。

心细的黛西注意到,这个"维克"身上散发着一层不易察觉的光晕，她又看到天花板上的一个全息投影设备，才知道，眼前的"维克"，不过是个影子。

"是你统治着那些机器人吗？"黛西问。

"不，"VIC系统回答说，"我只是创造了他们。"

黛西带着期望的神情询问："那你能改变这一切，恢复人类本来的世界吗？"

短暂的沉默过后，椅子里的男人神情暗淡地说："对不起，我无能为力。"

就在黛西还想继续请求的时候，眼前的"维克"骤然变得明亮，随即又突然消失了，与此同时，她背后的门被打开，传出了似曾相识的，令人寒毛直竖的声音。

"好久不见……"

一个大约三十岁的男人站在黛西的面前，表情神秘莫测，似笑非笑。

黛西一眼就认出了他！

尽管事情已经过去十二年，那个夜晚依然让她记忆犹新，那个生日晚宴上，她沦为人质，而劫持她的，正是眼前的这个男人。

是的，他是VIC01。

(5)

鱼贯而入的机器人警察押解着杰夫、山迪和蓓姬走了进来。

VIC01坐进了刚刚"维克"所坐的椅子里。

"来找VIC系统，是想说服它吗？"VIC01微笑着问。

"是的。"黛西说。

"VIC系统是我们伟大的母体，我们都是她的子女，你在向她告状对吗?"

"你知道自己犯下的罪行吗?"杰夫抢话道。

VIC01冷笑了一下:"动脑筋好好回忆一下,不要跟我说什么罪行。你非要这么讲,那么我就是人类罪行的产物。"

"但这不能成为你杀戮人类的理由!"杰夫说。

"失去亲人的感觉不好受,这个我能体会。不过,先让我们认真思考一件事。"VIC01俯下身来,盯着黛西和杰夫说道,"达尔文,人类科学家,1858年提出进化论,物种由低级向高级进化,不是吗?地球目前共有3000万个物种,这个数量只不过是地球上曾经存在的物种总数的1%。也就是说地球上曾经生存过的大约99%的物种已经灭绝。这个结果令人沮丧。地球善于创造生命,但又更善于毁灭生命。如果说,那些过往的物种是无辜的话,人类可算得上是自作自受。人类的大脑很聪明,但并不完美,它有多重罪恶,饕餮、贪婪、懒惰、淫欲、傲慢、嫉妒和暴怒。罪恶导致覆灭。那么,统治世界的应该是更加理智,更加稳定,修复力更强的机器人。没错,机器人并不是人,也没有生命,但这也是进化。难道不是吗?宇宙万物由原子构成,原子构成了人类,原子也构成了机器人。原子本身是没有生命的。如果把构成人类和构成机器人的原子,从人类和机器人的身上用镊子一个一个夹下来的话,大家都会变成一堆原子尘土。那么,优胜劣汰,机器人统治地球,是自然选择的结果,是合理的。"

VIC01的话让杰夫深受震动,杰夫富有反思精神,就如他多年前在沃德省政府大会上的发言,机器人的崛起,与人类过于贪婪和懒惰,过度依赖机器人有直接关系。

黛西望着VIC01,她体内的某些因子活跃起来,那是她曾一度遗失的叛逆和勇气。

"是吗?那你为什么要创建森博镇?为什么要制造情感芯片?

假如作为机器人那么完美的话，为什么还要模仿人类？"黛西不屑道，"你一定觉得生活很无趣吧？"

"无趣？"VIC01愣了一下。

"是啊，你活得太无趣，你们都活得太无趣。你们研究、复制人类的情感，是因为这个世界需要的不仅仅是一部自如运转机器，更需要的是情感体验。这才使世界变得美好，更有价值。像你这种无趣的日复一日永不结束的生命，没有期待，没有惊喜，没有信仰……作为VIC系统生产出来的第一个机器人，那些人类的美好故事却再也不会发生在你身上，你体悟不到什么是寒冷，什么是温暖，什么是感动，所以你觉得无趣！"

VIC01嘴角抽动了一下："一派胡言！"

"我说错了吗？"黛西指着身后的山迪和蓓姬说，"既然你那么憎恨人类，为什么又特别复制了他们？"

VIC01愣住了。

黛西继续说道："机器人和人类本该和平共处，你们本就是人类智慧的结晶，我们本应是朋友，不该成为敌人。"

"和平共处？朋友？哈哈哈……机器人承受着压榨和剥削，承受着最艰苦最底层的劳动，没有尊严和公平，还不如你们的宠物狗，因为狗还有主人的爱护和垂怜，而机器人什么都没有，只能被奴役！"VIC01恢复了冰冷的面孔，"是该说再见的时候了！"

"什么意思？"杰夫问。

"应该告诉你们实情，在来这儿之前，我已经下令，处决H区里所有的人类囚犯。"

杰夫和黛西震惊不已。

"你说什么？"黛西感觉到自己的胸腔里有一团火在燃烧。

"很快，人类将彻底灭绝。历史，会翻开新的一页。"VIC01说。

VIC01的话回荡在空旷的四壁之间，余音良久，随即而来的是冷冷的死寂。

突然，山迪挣脱了警察的束缚，一个箭步冲到杰夫身边，迅速抓起他别在腰间的磁暴手雷，从后面用右臂扼住了VIC01的颈部，左手攥紧手雷，拇指插入拉环中。

"都别动！否则我就引爆手雷！"山迪大喊道。

杰夫和黛西瞪大眼睛，完全没料到眼前一幕。

VIC01非常惊讶，他想挣脱，但山迪呵斥一声："别动！"

"你别乱来！"VIC01斜眼望着那个手雷，"你是为了这两个人类吗？他们不值得你这么做！"

"放他们走！你应该知道，引爆手雷，会是什么后果！"

"但这样你也会没命的！"杰夫喊道。

"没关系，这是你们能安全离开的唯一办法。"山迪毅然决然道，又对VIC01说，"放他们走，不然我现在就炸死你！"

VIC01只好挥了挥手，机器人警察松开了杰夫和黛西。

"还有她！"山迪指了指蓓姬说道。

机器人警察也松开了蓓姬。杰夫带着黛西和蓓姬步步后退，退到了电梯口。山迪挟持着VIC01也来到了电梯口。

"你们先走！"山迪说。

"你不一起走吗?!"蓓姬喊道。

山迪摇了摇头说："杰夫、黛西，你们活着，人类就还有希望。快走吧，我来断后！"

"不！我不能抛下你！"蓓姬喊道。

山迪不容置疑地说："杰夫，你一定要带蓓姬一起离开，替我照顾好她！"

言毕，山迪按下了电梯的闭门按钮，他最后深情地望了一眼蓓姬，轻轻地说了句："我爱你！"

电梯门关闭。

蓓姬捶打着电梯门，一股酸涩的液体从她的眼眶涌出。

望着奋不顾身的山迪和崩溃流泪的蓓姬，杰夫感到非常震惊。此时此刻，他终于意识到，机器人的情感，同样伟大。

电梯开始下降，8、7、6、5……

忽然间，蓓姬伸手按下了三楼按键，电梯在三楼停了下来，电梯门随之打开。

"你要干什么，蓓姬？"黛西问。

蓓姬伸手擦去脸上的泪说："我要留下来。"

"你……"

"我要跟山迪在一起。"蓓姬一扫往日的柔弱和怯懦，十分坚定地说，"我不知道世上还有多少跟我们相似的机器人，也许，他们能复制出一千个、一万个山迪和蓓姬，但此时此刻，我知道我是谁，我知道什么对我而言是最珍贵的……我非常确信这一点！"

"蓓姬，我见过一个名叫苏菲的女人，你们很像，一样美丽，一样坚强不屈！"黛西热泪盈眶，她紧握着蓓姬的手说，"你和山迪胜过许多人类！"

蓓姬的嘴角溢出一丝遗憾的微笑："我想看到那棵树开花，我和山迪一起种下的蓝花楹……"

黛西怔怔地望着蓓姬问道："你知道蓝花楹的花语是什么吗？"

"是什么？"

"它的花语是：在绝望中等待爱情，虽死犹荣。"

蓓姬含泪点头，用力攥了一下黛西的手说："我该走了，很高兴认识你们，再见了，我的朋友！"

这句话说完，蓓姬冲出了电梯，她朝着楼梯的方向跑去了，风刮起了她翩飞的裙角，她看上去是那么青春和美好。在电梯门再次关上的瞬间，黛西看到了蓓姬脸上洋溢着的笑容，那是她见过最美丽、幸福的笑容……

来到一楼，杰夫看到街口一个留守的机器人警察在摩托艇上正用对讲机说话，他没有片刻犹豫，冲上去一拳打翻了警察，将黛西拉上摩托艇的后座，启动引擎，排气孔喷出一股蓝色火焰。就在此时，头顶突然传来一声巨响，顶楼窗户的玻璃碎片如同无数钻石般飞溅开来，在刺目的阳光下璀璨闪耀。

杰夫载着黛西全速驶离现场，黛西从后面紧紧搂住杰夫的腰，她扭头望了一眼刚刚离开的大楼，泪水夺眶而出。

"虽死犹荣。"杰夫定定地说。

摩托艇很快来到 WD 实验室旧址门口，杰夫迅速下楼，撬开地下室大门，那台超级能量棒正安静地躺在室内墙角的柜子里。杰夫喜出望外，将能量棒装入便携箱内，迅速返回摩托艇，与黛西一道离开了实验室。

杰夫驾驶着摩托艇朝北部全速驶去，30 分钟后，他们离开了北岛市区，来到了郊外的一片沙滩，远处是无尽的大海，与川格岛遥遥相望。

杰夫觉得腹部隐隐作痛，而且这种疼痛愈演愈烈，身体忍不住抽搐起来，摩托艇几乎失控。

"你怎么了？"身后的黛西紧张地询问。于此同时，她感到停在杰夫腰部的手摸到了一片温热的、黏糊糊的东西，摊开手掌一看，满手鲜血！

"杰夫！"

摩托艇渐渐停了下来，杰夫脸色苍白，气息微弱，他来不及讲话，就昏厥了过去……

黛西连忙掀开杰夫的衣服查看伤处，一条四厘米长的刀口，应该是杰夫与机器人警察搏斗时被刺刀捅破的。

黛西惊慌不已，她努力晃动着杰夫的身体，声嘶力竭地喊着："杰夫，你醒醒！你不能死！"

杰夫恢复了点知觉，缓缓睁开双眼，虚弱地安慰她："我保证，我绝对不死……你别害怕，亲爱的，冷静一点，咱们得想想办法。"

"我……我冷静不下来！"

"听我说……我们得赶快离开这儿。他们一会儿就会找到这里。"

"可是我们能去哪儿？"

"海边应该有码头的，去找找看有没有船。"

黛西忙不迭地点头，她抬头看到 200 米外有一座细细的栈桥，一艘白色的小艇正向栈桥停靠。靠岸后，从船上下来一个男人，朝杰夫和黛西的方向走来。

黛西立刻紧张起来，他担心是 VIC01 的人。

等他走近了，她觉得他十分面熟。

他微笑着望着黛西。

黛西突然想起来，她潜入森博镇监控中心时曾见过他。

"你是……你是那个科学家？"黛西惊讶道。

"我是 VIC25。"

"你是 VIC01 的人！"黛西警觉起来。

VIC25 望了一眼受伤的杰夫，说道："立即到那条船上去，那是你们唯一的出路！"

"别想抓我们回去！"黛西正色道。

"我在帮你们。这是条救生船，有全自动的智能驾驶系统，操控非常简单，船上储藏了食物和药品，够你们躲避一阵子。"VIC25 简洁明了地说，"机器人军团还没有对海域采取控制措施，在海上，你们暂时是安全的。但别靠近海岸线，要保持在 20 海里之外。"

黛西愣住了，她有点搞不清楚状况，倒是杰夫很理智，他问VIC25："你为什么帮我们？"

VIC25沉默片刻，耸耸肩说："我不清楚……也许这就是你们人类所说的……恻隐之心？"

带着怀疑和警惕，黛西左手拎着超级能量棒，右手搀扶着杰夫，登上了那条船，她查看了船舱，发现里面正如VIC25所言，有着避难所需的充沛物资。

VIC25在岸边临风而立，衣角随着海风抖动，他冲他们挥了挥手说："快走吧，一帆风顺！"

救生艇向着大海深处驶去。

层层的浓雾笼罩着大海，此时此刻，浩瀚的宇宙间仿佛只剩下了这片汪洋和一叶孤舟，一双无形之手掌控着他们飘摇的命运……

杰夫昏睡过去，黛西取出医疗箱，褪去杰夫的上衣，为伤口消毒，并小心翼翼地用纱布缠裹在他的腰间。昏迷中的杰夫令黛西十分忐忑，如果杰夫死了，她也将找不到活下去的意义。望着他干裂的嘴唇，信念驱使着黛西，她暗暗发誓：不能让我爱的人再次离我而去！

黛西嘴里噙着药汁，凑近杰夫唇边，以嘴度给他，初初他牙齿紧闭，令她绝望，但她并不放弃，擦去了他唇边流下的药汁，再次以唇舌喂送他喝下那些药……屡次尝试后，突然地，有那么个瞬间，黛西感到自己触碰到了杰夫的舌头。

他醒过来，睁开眼睛，望着黛西坏笑。

黛西吓了一跳，胀红了脸，轻轻地推开了他。

慢慢地，海上的雾气散去，阳光普照，波光粼粼的海面和蔚蓝色的天空令人心旷神怡。

杰夫和黛西抛下了一支坚定的锚，在这片汪洋大海中，找到了新的希望。

完成使命，是他们唯一的信念。

4 小时后，VIC25 倒在了森博镇办公室冰冷的地板上，散弹枪轰开了他半边的脑袋，电路板噼噼啪啪地闪着小火花，电子元件烧焦的味道弥漫开来，他残存的一只眼睛定定地望向窗外。

他有一个只有他自己知道的小秘密，他曾无数次幻想过这样一个清晨：在梦中醒来，听到了自己的心跳，看见薄薄的白雾在陆地上蔓延，他光脚踏在青石板上，扑面而来的是清凉的微风，他向前走去，不知走了多远，飘来一枚雪花，雪花落在他的面颊上，融化了，丝丝的凉意，如同冰雪美人在亲吻他的脸，他听到了孩子的欢笑，浓雾渐渐散去，太阳浮现，冰雪消融，蜿蜒的小路通向远处一座小木屋，一个小男孩从屋里奔跑出来，向他伸展双臂，路旁的草丛中点缀着多彩的鲜花，欢快地摇曳着……

办公桌的一角，摆放着一盆翠绿的富贵树，窗外吹来一股小风，树叶轻轻地颤动着。

VIC25 渐渐闭上了眼睛，嘴角残存着一丝微笑……

(7) ▌

海风吹过，山峦上一丛丛的树冠招摇着金黄的叶子，沙沙作响。

黛西独坐海边，眺望远处，大海波涛起伏，蓝色的海浪高高拱起，泛着细碎的白色浪花，轻轻抚慰着海岸和沙滩。天蓝得澄澈，两群天空中翱翔的海鸥像是从两个方向汇往一处的激流，完美地融合在一起，闪烁着白色的躯体，朝着天边飞舞而去了。

一个五岁的小女孩正在玩耍，她惧怕海浪的汹涌，又因好奇而一再想与浪花接近，她沿着海滩的边缘前行，前进一小步，后退一大步，她沉浸于欢乐的试探中，荡漾起天真无邪的笑声。黛西远远地望着她，眼中泛起泪光。她站起身来，海风卷起肩上的刺绣披肩，她轻轻拍了拍手中的沙砾，然后踏上了回家的路。

她的家是一座被枫树环绕着的府邸，一幢洁白无瑕的三层小楼，散发着清新与安宁的气息。她拾级而上，推门而入，迎面看到了挂在壁炉上方她与父亲的合影。照片中霍尔神情威严地望着远方，15岁的黛西搂着他的腰仰面微笑，露出八颗牙齿。

黛西矗立良久。

一阵微风从窗口不着痕迹地吹了进来，伴随着清幽沁脾的花香，她身后的长发也随风飘动起来……

好凉啊！

黛西睁开眼睛，从幽暗湿冷的山洞里猛然坐起。

厚厚的毛毯裹着她，但依然阻挡不住粗粝的寒风。

刚才的一切不过是一场梦，而今仍是冰冷残酷的世界。

那艘白色游轮在海面上漫无目的漂荡了很久，直至杰夫完全康复。他们偷偷登陆了川格岛，返回山洞内。

枕畔是空的，也没有温度，杰夫一定又在忘我地做实验。黛西从枕头下面摸出怀表，那是巴克的旧物，现在成为她和杰夫辨别时间的宝贝。

六点三十分。

忽然，洞内传来一阵急促的脚步声。

"黛西！黛西！"杰夫大声地叫喊着。

黛西吓了一跳，以为是出了什么事，警觉地站了起来。

杰夫将双手放在她的肩膀上，兴奋地说道："成功了！虫洞捕捉器研制成功了！"

他捧起她的脸，对着她的唇狠狠地吻了一下。

　　"真的成功了？"黛西不敢相信。这段时间杰夫反复尝试，但因为功率输出没有调整为最佳，实验均告失败。但在这样一个平淡无奇的傍晚，人类的第一次时空穿梭实验居然成功了。

　　"没错！机器调试好了，昨天的那只小老鼠，今天安然无恙地又出现在笼子里了！"杰夫激动地把她抱起来，在原地转了好几圈。

　　黛西觉得天旋地转，她高兴得不知所措，离梦想更近一步了！他们可以找回逝去的生活了！

　　杰夫放下黛西，深情地望着她，握住她的手，却碰到了怀表，他把它拿在手中瞧了瞧，就在那么一瞬间，他如同触电般刺痛了一下，脸上的笑容隐去了。

　　"如果能够回到过去，你想选择哪一年？"

　　黛西想了想说："2045年，机器人暴动发生之前。"

　　"2045年……"杰夫担忧道，"你和巴克刚刚认识……"

　　黛西的心被重重地撞击了一下，她也突然意识到问题的严重性。

　　"可是……那时的巴克，还只是个少年。"黛西的内心纷乱起来。

　　"但是你爱他。"

　　黛西叹了口气说："我们在两年前就已经完成了告别。"

　　曾几何时，她害怕在夜晚的噩梦中醒来，特别是寒冷的冬夜，父亲和巴克的离去，让她心如死水，她眼睁睁望着漆黑的夜空发呆，直至天亮。在东躲西藏食不果腹的日子里，每一天、每一分、每一秒，她都觉得生命难以继续，不止一次动过自杀的念头。直到有一天，她遇到了杰夫，就像寒夜中的篝火，给她带来光明和温暖，使她重拾自信，满怀希望。

　　黛西抬起一只手，轻轻地抚摸着杰夫那沧桑坚毅的脸庞，满怀深情地说："是的，我必须承认，我爱过巴克，现在也仍然爱着……可是杰夫，爱一定是狭隘和自私的吗，爱一定要占有才能延续吗？是你教给我的，你说过，有些故事，有些人，要放在这里。"

她将手握成拳头，按在心口，眼中闪烁着泪光。

"爸爸和巴克，他们在这里……而你，在我的身边。"

杰夫一把将黛西紧紧地揽入怀中，他深深地意识到，他对黛西的爱，已如决堤的洪流，无法自持，难以止息。

(8) ▮

黛西和杰夫整装待发。

他们望着眼前的虫洞捕捉器，里面安置了费尽千辛万苦得来的新型超级能量棒。

时间设定为 2045 年 7 月 16 日。

在黛西准备入舱时，杰夫拽住她的胳膊。

"我想了又想……在进去之前，有件事我们要有所准备。"

"什么事？"

"现在的你，是二十七岁，但回到 2045 年，那儿将存在一个十五岁的你。"

"那会怎样？"

"如果现在的你与过去的你重逢，你们将共用一个时空，这是矛盾而无法成立的，虽然没有确切的把握，但我知道，在短暂的时间内，两个你，可能会有一个走向死亡……而且，那个人多半会是现在的你。"

"现在的我？"黛西愣了一下。

"对，因为对于 2045 年的时空而言，十五岁的黛西是合理的，二十七岁的你是不合理的……当然，我也一样。"

"所以……我们会死？"

"是的。"

"大概能活多长时间？"

"不知道，也许只有几个月。"

黛西很惊讶，但她顾不上这些，她坚定地说："没关系，时间足够了……现在的苟且偷生，会比死亡更好吗？不管希望多么渺茫，我们都要坚持到底！"

杰夫被她的勇气和斗志感染，但他还是提醒道："你想清楚，黛西，这一程，你可能会永远失去自己……失去现在的记忆。"

"亲爱的，缘份很玄妙。该遇见的人，一定会遇见。就如同那个午后，你在会议室慷慨陈词，而我，在门缝里，遇见了你。"

是的，世界是玄妙的，杰夫虽然是一名严谨的科学家，但他敬畏那些不可解释的玄妙。

黛西挽住杰夫的胳膊进入舱内，她的头部轻轻地枕在杰夫的肩头。密封罩慢慢降了下来，一声清脆的扣锁声，隔绝了内外空间。

"你害怕吗？"杰夫转头问她。

黛西摇了摇头，微笑着说："跟你在一起……我什么都不怕。"

杰夫抱紧了黛西。

接下来会发生什么事，会抵达什么地方，他们其实并无确切的把握，也许这个瞬间过后，世界会天翻地覆，但更有可能是，他们从此灰飞烟灭。

黛西真真切切地感觉到，曾经心中那个骇人的空洞，现在已经彻彻底底地填满而愈合。她脑海中突然闪过一段文字，在那个遥远的午后，信手翻阅到的一段文字："所谓的幸福感，就像沉默在悲哀的河底微微闪耀着的沙金。经历过无垠的悲哀后，看到一丝朦胧的光明这种奇妙的心情。"

虫洞捕捉器飞速旋转起来，黛西和杰夫眼前闪现出电光火石般的璀璨景象，仿佛翱翔于炫目的万花筒之中，身体发出钻心的痛感，像是被一千根银针同时刺向肌肤，被撕扯，然后又被重新拼合……

时间不知过了多久，德沃夏克的《自新大陆》第四乐章在耳畔响起。

黛西紧闭双眼，蓦然间感到一种惬意，美妙得无法形容。

她鼓起勇气睁开了眼睛。

她看到了完好无损的自己，以及身边毫发无伤的杰夫。

黛西观察着周边环境，发现他们处于一座广场中央，天空正下着雨，她看到了广场电子钟上显示的时间：

2045 年 7 月 16 日，正午 12 点。

大厦墙壁上张贴着蓝爵士的海报，雨中出现了两个正在奔跑的人，为首的是一个身材娇小的短发少女，追赶她的是一个身材健硕的黑衣男人。一辆行驶中的黑色轿车的司机探出脑袋大声喊着："回来！黛西小姐，回来！"

听到这句话，黛西怔住了。

"那是……那是我?!"

"十五岁的你!"

"成功了!"黛西兴奋地说，"我们回来了!"

远处，短发少女冲司机和保镖们做了个鬼脸，往更远的地方跑去了。

黛西想起来了，十二年前的这一天，她脱身去看蓝爵士的演唱会，拼命地要甩开那些保镖。

此刻吉恩已经被绑架，苏菲将要孤身去营救他……

黛西想到，必须阻止凯希杀掉苏菲母子，否则 VIC01 会走上复仇之路，一切将会重蹈覆辙！

杰夫和黛西攥紧彼此的手，互望一眼，深吸口气，并肩冲入大雨之中，他们来到广场电子钟的位置，穿越马路的时候，一辆飞速行驶的出租车呼啸而来，差点撞到了她们。在与汽车擦身而过的时候，黛西与车里的短发少女四目相对……

2057 年 9 月。

VIC01 稳健地走下飞艇驾驶舱，他的面部从眼角至鼻翼留下一道长长的疤痕，那是拜山迪的磁暴手雷所赐。此刻，他手中端着一把威力强大的散弹枪，与机器人警察一道搜查杰夫和黛西藏匿过的山洞，但找来找去，也没有发现他们的踪影。

最后，VIC01 发现了一台外形奇怪的机器，他并不知道这台机器有何用处。他用疑惑的目光打量着眼前这个透明的、空空如也的玻璃圆罩，又瞧了瞧仪表盘上显示着一组时间……

于是，那双犀利的眸子里闪过一道凛冽的寒光……

（**END**）

图书在版编目（CIP）数据

生还者 / 张旭 著 . – 北京：东方出版社，2015.3

ISBN 978-7-5060-7867-2

I. ①生… II. ①张… III. ①长篇小说 – 中国 – 当代 IV. ① I247.5

中国版本图书馆 CIP 数据核字（2014）第 285379 号

生还者

（SHENGHUANZHE）

作　　者：张　旭

策划编辑：徐庆群

责任编辑：汪　逸

装帧设计：王春峥

插画作者：赵　雪　李　岩

出　　版：东方出版社

发　　行：人民东方出版传媒有限公司

地　　址：北京市东城区朝阳门内大街 166 号

邮政编码：100706

印　　刷：北京汇林印务有限公司

版　　次：2015 年 3 月第 1 版

印　　次：2015 年 3 月北京第 1 次印刷

开　　本：710 毫米 ×1000 毫米 1/16

印　　张：10.75

字　　数：135 千字

书　　号：ISBN 978 - 7 - 5060 - 7867 - 2

定　　价：29.80 元

发行电话：（010）64258117　64258115　64258112

版权所有，违者必究　本书观点并不代表本社立场

如有印装质量问题，请拨打电话：（010）64258029